MARLOWE/FRIED

Der Jude von Malta

CHRISTOPHER MARLOWE

Der Jude von Malta

Deutsch von ERICH FRIED
Mit Essays von KARL MARX und
STEPHEN GREENBLATT
Herausgegeben und mit einem Nachwort von
FRIEDMAR APEL

Verlag Klaus Wagenbach Berlin

Stephen Greenblatts Aufsatz erschien ursprünglich 1990 in dem Essayband *Learning to Curse. Essays in Early Modern Culture*

Wagenbachs Taschenbuch 190
Originalausgabe

3.–5. Tausend 1996

Umschlaggestaltung Rainer Groothuis unter Verwendung des Holzschnittes *Vom verlorenen Geld* von einem Petrarca-Meister (Archiv für Kunst und Geschichte, Berlin)
Die Zeichnung auf Seite 1 stammt von Horst Rudolph
Gesamtherstellung Druckerei Wagner, Nördlingen
Gesetzt aus Korpus Aldus

ISBN 3 8031 2190 6

Inhalt

Vorwort

Die beiden großen elisabethanischen Dramen, in denen ein Jude die Hauptrolle spielt – Shakespeares »The Merchant of Venice« und Marlowes »The Jew of Malta« – haben in Deutschland nach 1945 eine naturgemäß verdüsterte Rezeption erfahren. Shakespeares Komödie wurde auf deutschen Bühnen zum Trauerspiel, in dem Shylock als tragisch scheiternder Außenseiter erschien. Das Stück läßt eine solche Rollenauffassung insofern zu, als Shakespeares Jude seine blutrünstigen Drohungen gegen die Christenheit nicht wahrmacht, bzw. von den Tricks seiner Gegner an deren Realisierung gehindert wird. So kann denn auch das Drama mit der Darstellung der heiteren Welt Belmonts enden, in die zumindest die Tochter des Juden einbezogen wird.

Mit Marlowes Juden aber tat man sich schwerer, denn der übt tatsächlich Rache an seinen christlichen und moslemischen Gegnern in der fiktiven Welt des Stücks. Während es Shylock weniger um das Geld zu gehen scheint als um sein Recht, wird Marlowes Barabas von nichts getrieben als von der Geldgier, worin ihm allerdings seine christlichen und moslemischen Gegner nicht nachstehen. Solch provokative Radikalität löst Beklemmung aus, und so rückte Marlowes Stück in Deutschland in den Hintergrund, obwohl es Shakespeares Drama in der Bühnenwirksamkeit gleichkommt, es an Sprachwitz, beißender Ironie und Gesellschaftskritik sogar um einiges übertrifft.

In beiden Stücken ist unübersehbar, daß die Christen auch nicht viel besser dargestellt werden als die Juden, was nicht verhindern konnte, daß beiden Dramatikern der Vorwurf des

Antisemitismus gemacht wurde. Die Argumentation hingegen, daß die Judenfiguren nur Vorwand waren, um eine immer materialistischer werdende Gesellschaft zu verspotten, konnte sich nur selten durchsetzen. Andernfalls aber wurde der Vorwurf des Antisemitismus, was Marlowe betrifft, durch den des asozialen Nihilismus ersetzt.

Erich Fried, der exilierte Jude und nimmermüde Kritiker der Ellenbogengesellschaft, hat sich über die deutsche Beklommenheit Marlowes Drama gegenüber hinweggesetzt und dieses Meisterwerk der Provokation mit unübersehbarem Vergnügen an dessen funkelnder Schärfe übersetzt und gibt damit dem deutschen Leser die Gelegenheit, sich zu Marlowes Judendrama neu ins Verhältnis zu setzen.

Fast dreihundert Jahre nach Marlowe schrieb der deutsche Jude Karl Marx den Aufsatz »Zur Judenfrage«, dessen Wirkungsgeschichte der Marloweschen merkwürdig ähnelt. Hier wurden wechselweise Antisemitismus, jüdischer Selbsthaß oder verkleidete revolutionäre Gesellschaftskritik vermutet. Marx' Verteidiger wiederum wollten gerade diesen Aufsatz als Beweis für seine Unabhängigkeit von Vorurteilen sehen.

Stephen Greenblatts Lektüre des »Juden von Malta« schlägt die Brücke zwischen diesen beiden Texten und kann implizit auch als Kommentar zur Genese der neuzeitlichen Gesellschaft von den ersten Anfängen im 16. Jahrhundert bis zur entwickelten bürgerlichen Gesellschaft des 19. Jahrhunderts gelesen werden.

Der Aufsatz des Herausgebers zeichnet ein Porträt des Dichters als Raufbold und agent provocateur im Kontext der elisabethanischen Gesellschaft und der Welt im Stück.

So ergibt sich schließlich ein ideengeschichtliches Spiegelkabinett. Der Leser ist eingeladen, in dem berühmt-berüchtigten elisabethanischen Meisterwerk seine Gegenwart und sich selbst zu entdecken.

Der Jude von Malta

von

CHRISTOPHER MARLOWE

deutsch von

ERICH FRIED

Personen

Ferneze, Gouverneur von Malta
Don Lodowick, sein Sohn
Selim Calymath, Sohn des Großherrn der Türkei
Martin del Bosco, Vizeadmiral von Spanien
Mathias, ein junger Edelmann
Barabas, der Jude von Malta
Ithamore, sein Sklave
Callapine, ein Pascha des Calymath
Bruder Jacomo
Bruder Barnardine
Pilia-Borza, ein Verbrecher
Zwei Kaufleute
Drei Juden
Maltesische Ritter, Paschas, Offiziere, Beamte, Sklaven, Wachen, Boten, Gefolge, Zimmerleute

Katherine, Mutter des Mathias
Abigail, Tochter des Barabas
Bellamira, eine Kurtisane
Äbtissin
Nonne

Machiavel als Sprecher des Prologs

Prolog

MACHIAVEL: Auch wenn die Welt denkt, Machiavel sei tot,
floh seine Seele nur über die Alpen;
nun, da Guise tot ist, kommt sie her aus Frankreich,
dies Land zu mustern, froh, mit seinen Freunden.
Einigen ist mein Name wohl verhaßt;
vor deren Wort schützen mich, die mich lieben,
und zeigen ihnen, daß ich Machiavel bin,
dem weder Mensch noch Menschenwort was wiegt.
Mich staunen an, die mich am meisten hassen:
Zwar manche schmähen lauthals meine Bücher,
doch lesen sie und kommen so hinauf
zu Petri Stuhl; und schwören sie mir ab,
vergiften meine steigenden Schüler sie.
Für mich ist Religion nur Kinderspiel,
Unwissenheit ist mir die einzige Sünde.
Daß Vögel in der Luft den Mord verklagen;
ich schäm mich, solchen Unsinn nur zu hören.
Da schwatzt mancher vom Recht auf eine Kron:
Was hatte Cäsar denn für Recht aufs Reich?
Macht macht den König, und Gesetze gelten,
wenn sie mit Blut geschrieben sind, wie Dracos.
So kommts, daß eine starke Festung mehr
als alle Buchstaben zu sagen hat.
Hätte Phalaris dies bedacht, er hätte
niemals gebrüllt in einem Stier aus Erz
vom Neid der Großen. Ach, die armen Wichte!
Beneiden soll man mich und nicht bedauern!
Doch wo gerat ich hin? Ich komm doch nicht,
hier in Britannien Predigten zu halten.
Nein, die Tragödie eines Juden zeig ich,

der lächelnd sieht, wie seine Beutel strotzen
von Geld, das er auf *meine* Art erwarb.
Ich bitt euch nur: Würdigt ihn nach Verdienst,
und nehmet ihn nicht schlechter deshalb auf,
weil er mir huldigt. *(ab)*

1. AKT

1. Szene

Barabas in seinem Kontor, vor ihm Haufen Goldes.

BARABAS: So hat sich also dieses so rentiert:
Schon durch den dritten Teil der persischen Schiffe
hat sich das Unternehmen ausgezahlt.
Nun, die Samniter und von Uz die Männer,
die spanisches Öl und griechische Weine kauften:
Hier hab ich ihre lumpigen Silberlinge.
Pah, welche Müh, den Plunder nur zu zählen!
Da lob ich mir die Araber, die zahlen
für jeden Kauf mit großen Barren Goldes.
Da zählt ein Mann dann leicht an einem Tag
soviel, wie er sein ganzes Leben brauchte.
Der arme Knecht, der nie nen Groschen hatte,
der schrie wohl Wunder über so viel Münzen.
Doch der, des stahlgestärkte Truhen voll sind,
und dessen Fingerspitzen müde sind,
weil er zeitlebens zählte, wird im Alter
es satt, sich für ein Pfund zu Tod zu schwitzen.

Gebt mir die Kaufherrn der Goldgruben Indiens,
die handeln mit Metall von reinster Art.
Den reichen Mohren, der im Fels des Ostens
ganz ungehindert Schätze sammeln kann
und Perlen häuft zu Haus wie Kieselsteine,
streicht frei sie ein, verkauft sie nach Gewicht,
Säcke voll feuriger Opale, Amethyste,
Saphir, Topas, Hyazinth, grüner Smaragd.
Der Diamant voll Glanz und der Rubin,
und Edelsteine von so hohem Wert,
daß einer schon, geschätzt wie sichs gebührt,
und von Gewicht wie diese Steine hier,
im Notfall hinreicht, scheint er auch nur wenig,
als Lösegeld für einen großen König.
Aus solchem Gut besteht mein Wohlstand. Und
ich denk, so sollten Männer von Verstand
sich von gemeinen Händlern unterscheiden
und, wenn ihr Wohlstand wächst, wie ich verschließen
in einem kleinen Raum unendlichen Reichtum.
Doch nun, wie steht der Wind?
Wohin weist nun meines Eisvogels Schnabel?
Nach Osten? Ha? Wie stehn die Wetterfahnen?
Südöstlich. – Nun, dann hoff ich, meine Schiffe,
die nach Ägypten und den Inseln fuhren,
schwimmen schon den gewundnen Nil hinauf.
Meine Carraken aus Alexandria aber,
voll Seide und Gewürz, gleiten schon sanft
vorbei an Kreta durch das Mittelmeer mir
auf Malta zu. Doch wer kommt hier? Was gibts?

KAUFMANN: *(kommt)* Barabas, deine Schiffe ankern sicher
auf unsrer Reede. Alle Handelsleute
mit andrer Ware sind auch gut gelandet
und schicken mich, zu sehn, ob du sie selber
verzollen kommst.

BARABAS: Die Schiffe sicher, sagst du, reich beladen?
KAUFMANN: So ists.
BARABAS: Dann geh doch du und heiß sie landen,
sie sollen ihre Warenlisten bringen.
Ich hoffe doch, unser Kredit im Zollhaus
dient grad so gut, als wär ich selber dort.
Schickt dreißig Maultiere, sechzig Kamele
und zwanzig Wagen, alles herzuschaffen.
Doch du bist Herr auf einem meiner Schiffe,
genügt dein eigener Kredit dann nicht?
KAUFMANN: Der Zoll allein, Herr, der beträgt schon mehr
als viele Kaufherrn in der Stadt hier wert sind,
und ist daher viel mehr als mein Kredit.
BARABAS: Geh, Mann, und sag, der Jude von Malta schickt dich.
Ach, wer von ihnen kennt nicht Barabas?
KAUFMANN: Ich geh.
BARABAS: So kam schon etwas an. Sag, Bursche:
Auf welchem meiner Schiffe bist du Herr?
KAUFMANN: Auf der Speranza, Herr.
BARABAS: Und sahst du nicht
meine Carrake in Alexandria?
Du konntest von Ägypten oder Kairo
nicht kommen, ohne, wo du in die See stichst,
dort wo der Nil dem Meer Tribut entrichtet,
vorbeizufahrn an Alexandria.
KAUFMANN: Ich sah sie nicht und fragt auch nicht nach ihr.
Doch hörten wir unsre Matrosen sagen,
sie wunderten sich, daß Ihr solche Schätze
einem so schwachen Schiff vertraut, so weit auch.
BARABAS: Was die schon wissen! – Ich, ich kenn mein Schiff.
Ade. – Geh deines Wegs. Lösch deine Ladung,
und meinem Faktor sag, daß er sie einbringt *(Kaufmann ab)*.
Und doch, ich frag mich: Wo bleibt die Carrake?

2. Kaufmann *(tritt auf):* Deine Carrake aus Alexandrien,
Barabas, ankert auf der Reede von Malta,
voll Schätzen, und beladen schwer mit Seide
aus Persien, und mit Gold und Perlen des Orients.
Barabas: Wie, kamt ihr nicht mit diesen andern Schiffen,
mit von Ägypten?
2. Kaufmann: Herr, wir sahn sie nicht.
Barabas: Vielleicht fuhren die längs der Küste Kretas,
um Öl und andere Waren einzuhandeln.
Doch ihr tatet nicht gut, so weit zu fahren,
so ohne ihren Schutz und ihr Geleit.
2. Kaufmann: Wir fuhren, Herr, im Schutz spanischer Schiffe,
die machten Jagd auf türkische Galeeren
und ließen uns erst eine Meile von hier ...
Barabas: Ach, die fahrn nach Sizilien. – Gut, so geh:
und sag den Kaufleuten und meinen Dienern,
sie solln schnell landen und die Fracht entladen.
2. Kaufmann: Ich gehe. *(ab)*
Barabas: So strömt das Glück uns zu, zu Land und Wasser,
so werden wir von allen Seiten reicher:
Dies ist der Israel verheißene Segen
und dies das Glück des alten Abraham.
Was kann der Himmel mehr für Menschen tun,
als Fülle so in ihren Schoß zu schütten,
der Erde Inneres für sie aufzureißen,
das Meer zu ihrem Knecht zu machen und
den Wind zu guter Fahrt ihnen zu senden?
Wer haßt mich, außer wegen meines Reichtums?
Wen ehrt man, außer wegen seines Wohlstands?
Lieber will ich als Jude so gehaßt sein
als Mitgefühl in christlicher Armut ernten.
Denn ich seh keine Frucht all ihres Glaubens
als bösen Willen, Falschheit, großen Hochmut,

was sich nicht schickt zu ihres Glaubens Wortlaut. –
Zum Glück hat mancher Unglücksmensch Gewissen,
und sein Gewissen macht zum Bettler ihn. –
Sie sagen, unser Volk ist ganz verstreut:
Ich weiß nicht, doch wir scharrten größern Reichtum
zusammen, als die mit dem Glauben prahlen.
Kirriah Jairim, der große griechische Jude,
Obed in Bairseth, Nones in Portugal,
in Malta ich, einige in Italien,
viele in Frankreich ... Alle haben viel.
Ja, viel, viel mehr als je ein Christ gehabt hat ...
Wir werden nicht grad Könige, das gesteh ich.
Nicht unsre Schuld; doch unsere Zahl ist klein,
und Kronen werden nur erlangt durch Erbschaft
oder Gewalt; und nichts, was durch Gewalt kommt,
hört ich oft sagen, kann beständig sein.
Gewährt uns Frieden, und zu Königen
macht Christen, die so sehr nach Herrschaft dürsten.
Ich hab weder Verantwortung noch Kinder,
nur *eine* Tochter, die mir grad so lieb ist,
wie Iphigenie Agamemnon war.
Was mein ist, gehört ihr. – Doch wer kommt da?

Drei Juden treten auf.

1. JUDE: Quatsch! Sag mir nicht, der Grund war Politik.

2. JUDE: So kommt, gehn wir zu Barabas. Er kann uns
den besten Rat geben in diesen Dingen.
Da kommt er schon.

BARABAS: Was gibts denn, meine Brüder?
Was treibt in solchen Scharen euch zu mir?
Was für ein Unheil droht wieder den Juden?

1. JUDE: Barabas, eine Flotte Kriegsgaleeren
aus der Türkei liegt hier auf unsrer Reede,
und gerade jetzt sitzen sie schon im Rathaus.
Der Rat empfängt sie und hört ihre Botschaft.

BARABAS: Ach, laßt sie kommen, wenn es nicht zum Krieg kommt,
oder laßt Krieg sein, wenn wir sie besiegen.
(beiseite) Nein, laßt sie kämpfen, siegen, alles töten,
nur mich schonen, mein Geld und meine Tochter.
1. JUDE: Kämen sie nur, ein Bündnis zu erneuern,
so kämen sie doch nicht so kriegerisch.
2. JUDE: Ich fürcht, ihr Kommen kommt uns alle teuer.
BARABAS: Ihr Narrn, was träumt ihr gleich von ihrer Heerschar?
Verbündete schließen doch nicht erst Frieden.
Die Türken sind mit Malta längst verbündet.
Laßt, laßt. – Da steckt was anderes dahinter.
1. JUDE: Ach, Barabas, es geht um Krieg und Frieden!
BARABAS: Hoffentlich weder,noch. Nur um die Fahrt
durchs Adriatische Meer hin nach Venedig,
auf das sie manchen Überfall versuchten,
aber zustande brachten sie das nie.
3. JUDE: Das ist sehr klug gesagt. Mag es so sein.
2. JUDE: Doch im Senatshaus gibts eine Versammlung,
und alle Juden Maltas müssen hin.
BARABAS: Hm? Alle Juden Maltas müssen hin?
Ja. Kann schon sein. Nun, dann mach sich ein jeder
bereit und geh der Form halber dorthin.
Wenn dort was unser Wohlergehn betrifft,
so glaubet mir, ich sorge selbst . . . *(beiseite)* für mich.
1. JUDE: Ich weiß, das tut Ihr. – Brüder, gehn wir nun.
2. JUDE: Nehmt Abschied: Guter Barabas, lebt wohl!
BARABAS: Ihr auch. Lebt wohl Zaareth und Temainte *(drei Juden ab).*
Nun, Barabas, ergründ dieses Geheimnis,
ruf all deinen Verstand und Sinn zusammen.
Die Dummen da verstehn die Sache nicht. –
Malta schuldet den Türken lang Tribut,
die Schuld ließen – ich fürcht, aus List – die Türken
so anwachsen, daß Maltas ganzer Reichtum

sie nun nicht zahlen kann. Wodurch der Türke
vielleicht die Stadt nun haben will. – Das will er! –
Doch wies auch geht, *eines* stell ich jetzt sicher,
das Ärgste will ich rechtzeitig verhüten,
und mißtrauisch bewach ich, was ich hab.
Ego mihimet sum semper proximus.
Mir selber bin ich stets mein nächster Freund.
Solln sie nur kommen und die Stadt nur nehmen. *(ab)*

2. Szene

Gouverneur von Malta (Ferneze), Ritter und Beamte treten auf. Ihnen begegnen (Callapine und andre) Paschas der Türken und Calymath.

FERNEZE: Nun, Paschas, sagt, was wollt ihr von uns haben?
CALLAPINE: Wir kommen, Ritter Maltas, jetzt von Rhodos,
von Cypern, Kreta und den andern Inseln,
die liegen hier im Mittelländischen Meer.
FERNEZE: Was gehn die andern Inseln, Cypern, Kreta
uns oder Malta an? – Was wollt ihr von uns?
CALYMATH: Tribut, den ihr zehn Jahre schon uns schuldet.
FERNEZE: Ach, hoher Herr, die Summe ist zu groß.
Ich hoffe, Eure Hoheit sind uns gnädig.
CALYMATH: Ich wollt, ihr edlen Herrn, ich hätt die Macht
Euch zu begünstigen, doch mich schickt mein Vater ...
Da soll ich ... nein: da wag ich nicht zu zögern.
FERNEZE: Dann, großer Selim Calymath, gestattet ...

Gouverneur und Malteser beraten sich kurz, während Calymath spricht.

CALYMATH: *(zu den Paschas)*
Zur Seite! Daß die Ritter sich beraten. –

Und unsre Flotte lasset unter Segel,
wir halten hoffentlich uns hier nicht auf.
(zu den Maltesern) Nun, edle Herrn, was ist euer Entschluß?

FERNEZE: Dies: Da ihr bleibt bei eurer harten Fordrung
und den Tribut eines Jahrzehnts verlangt,
gewährt uns Zeit, die Summe aufzubringen
und einzusammeln bei den Bürgern Maltas.

CALLAPINE: Das übersteigt aber schon unsern Auftrag.

CALYMATH: Ach, Callapine, ein wenig Höflichkeit! –
Hört erst die Zeit. Vielleicht ist sie nicht lang;
und größer ists, es friedlich zu empfangen
als zu erzwingen Gaben durch Gewalt. –
Wie lange braucht ihr, Herrn?

FERNEZE: Nur einen Monat.

CALYMATH: Ein Monat. Gut. Doch haltet euer Wort. –
Zurück auf See nun unsere Galeeren,
dort warten wir die euch gewährte Frist ab
und senden unsern Boten um das Geld.
Lebt wohl, ihr Herrn und tapfern Ritter Maltas!

Callapine, Paschas, Calymath ab.

FERNEZE: Und alles Glück geb Calymath Geleit! –
Nun geht, ruft mir die Juden Maltas her.
Hat man sie nicht für heute vorgeladen?

1. BEAMTER: Das hat man, Herr. – Da kommen sie auch schon.

Barabas und die zwei Juden kommen.

1. RITTER: Habt Ihr beschlossen, was Ihr ihnen sagt?

FERNEZE: Ja, wenns gestattet ist. – Hebräer, kommt nur.
Der Herrscher der Türkei hat seinen Sohn uns,
den großen Selim Calymath, geschickt,
Tribut hier einzutreiben von zehn Jahren.
Und dies, das müßt ihr wissen, macht uns Sorge.

BARABAS: Dann, bester Herr, des lieben Friedens willen,
werdet Ihr gut dran tun, ihn zu bezahlen.

FERNEZE: Nur langsam, Barabas. Da folgt noch mehr:

Der Rückstand an Tribut ist kalkuliert,
doch ist zu groß, daß wir ihn zahlen können.
Und darum brauchen wir nun eure Hilfe.

BARABAS: Doch leider, Herr, sind wir keine Soldaten.
Wie helfen wir gegen so große Fürsten?

1. RITTER: Still, Jud. Wir wissen, daß du kein Soldat bist.
Du bist ein Kaufmann, einer, der viel Geld hat.
Dein Geld ists, was wir wollen, Barabas.

BARABAS: Wie, Herr? Mein Geld?

FERNEZE: Deins und der andern Geld.
Denn, kurz und gut, von euch muß das Geld kommen.

1. JUDE: Ach, Herr, die meisten von uns sind ja arm.

FERNEZE: So laßt die Reichen euren Anteil zahlen.

BARABAS: Solln Fremde den Tribut für euch zahln müssen?

2. RITTER: Wenn Fremde sich bei uns bereichern dürfen,
dann solln sie auch mit uns Tribut bezahln.

BARABAS: Wie? Grad wie ihr?

FERNEZE: Nein, Jud. Wie Ungläubige.
Denn, weil wir euer schändliches Leben dulden,
die ihr verflucht steht vor des Himmels Augen,
hat diese Not und Steuer uns befallen,
und darum faßten wir unsern Entschluß ...
Verleset die Artikel unserer Satzung!

1. BEAMTER: *(liest)* Erstens, der ganze Tribut an die Türken soll bei den Juden erhoben werden, und jeder von ihnen soll sein halbes Vermögen bezahlen.

BARABAS: Das halbe? – Was? Ich hoff, ihr meint nicht meines!

FERNEZE: Lest weiter.

1. BEAMTER: *(liest)* Zweitens, wer sich zu zahlen weigert, der soll sofort ein Christ werden.

BARABAS: Was? Christ werden! Hmm, was ist da zu machen?

1. BEAMTER: *(liest)* Endlich, wer das abstreitet, soll unweigerlich alles verlieren, was er hat.

ALLE DREI JUDEN: O Herr, wir wolln die Hälfte geben!

BARABAS: Ihr?
Lehmklötze, Schurken, nicht gebürtige Juden!
So niederträchtig unterwerft ihr euch
und eure Habe ihrem Richterspruch?
FERNEZE: Wie, Barabas? Willst du dich taufen lassen?
BARABAS: Nein, Gouverneur. Ich will kein Konvertit sein.
FERNEZE: Dann zahle deine Hälfte.
BARABAS: Sagt, wißt Ihr, was Ihr tut mit diesem Kniff?
Die Hälfte ist soviel wert wie die Stadt.
Und, Herrn, ich hab das nicht so leicht erworben
und lasse auch so leicht nicht ab davon.
FERNEZE: Mann, Eure Strafsumme ist diese Hälfte.
Du zahlst sie nicht, so pfänden wir dir alles.
Ferneze gibt den Beamten ein Zeichen, sie gehen.
BARABAS: Corpo di Dio! Bleibt und nehmt die Hälfte.
Verfahrt mit mir nur wie mit meinen Brüdern.
FERNEZE: Nein, Jud. Du hast die Satzung abgestritten,
und nun ist es zu spät zum Widerruf.
BARABAS: So wollt ihr stehlen? All mein Gut? – Ist Diebstahl
die Grundlage von eurer Religion?
FERNEZE: Nein, Jud. Wir nehmen nur von dir, was dein ist,
um *viele* vor dem Untergang zu retten:
besser, es darbt für das Gemeinwohl *einer*,
als daß um einetwillen viele leiden.
Doch, Barabas, wir wolln dich nicht verbannen,
in Malta, das dich reich gemacht hat, bleibe,
und wenn du kannst, so werde wieder reich.
BARABAS: Christen! – Womit und wie sollt ich das können?
Von nichts kommt nichts.
1. RITTER: Von nichts kamst du zuerst zu etwas Wohlstand,
von dem zu mehr, von mehr zu allem Reichtum.
Wenn euer erster Fluch nun schwer dein Haupt trifft
und macht dich arm, verschmäht von aller Welt,
ists deine Erbsünde, nicht unsre Schuld.

BARABAS: Was? Auf die Bibel soll dein Tun sich stützen? –
Predigt mich nicht aus meinem Hab und Gut fort!
Ja, mancher Jud ist schlecht wie alle Christen.
Doch nehmt selbst an, mein Stamm wär ganz und gar
verworfen, zur Bestrafung ihrer Sünden . . .
soll ich für ihre Fehler vor Gericht stehn?
Der Mann soll leben, der rechtschaffen handelt!
Und wer von euch sagt mir was andres nach?
FERNEZE: Elender Barabas! Was tust du selbstgerecht,
als kennten wir nicht deine falschen Schwüre.
Verläßt du dich auf deine Redlichkeit,
so hab Geduld, dann wird dein Wohlstand wachsen.
Zu großer Reichtum weckt die Habsucht nur,
und Habsucht, ach, ist eine schwere Sünde!
BARABAS: Diebstahl ist ärger noch. Drum nehmt mir nichts,
denn Diebstahl ists; und wenn ihr so mich ausraubt,
zwingt ihr zu stehlen mich, daß ich was hab.
1. RITTER: Ihr edlen Herren, hört nicht sein Geschrei an:
Aus seinem Hause macht ein Nonnenkloster.
(Beamte kommen)
Das Haus bewohnen bald viel heilige Schwestern.
FERNEZE: So solls geschehn. Beamte, seid ihr fertig?
1. BEAMTER: Ja Herr; beschlagnahmt haben wir die Habe
und Waren Barabas'; ihr Schätzungswert
beträgt mehr als der ganze Reichtum Maltas.
Den andern nahmen wir die Hälfte weg.
FERNEZE: Bei Barabas tragt dann noch ein: »Das Ganze«! –
BARABAS: Und nun, mein Herr, sagt, seid Ihr nun zufrieden?
Ihr habt mein Gut, mein Geld, all meine Habe,
Schiffe und Lagerhäuser, was nur mein war.
Und da ihr alles habt, was wollt ihr mehr,
wenn eure gnadenlosen steinernen Herzen
nicht jedes Mitleid in euch ganz ersticken,
daß ihr mir nun auch noch das Leben raubt.

Ferneze: Nein, Barabas, kein Blut soll unsere Hände
beflecken; das liegt unsrem Glauben fern.
Barabas: Ach, ich, ... ich finde es viel weniger arg,
Unglücklichen das Leben noch zu nehmen
als ihres Unglücks Ursache zu sein.
Ihr habt mein Geld, die Arbeit meines Lebens,
Trost meines Alters, meiner Kinder Hoffnung;
drum fragt nicht, welches Unrecht größer ist.
Ferneze: Schweig, Barabas. Dir tat man nichts als Recht.
Barabas: Eure Art Recht tut mir das schwerste Unrecht. –
Doch nehmt es euch nur in drei Teufels Namen!
Ferneze: Kommt, geht! Mit dem Ertrag aus seinem Reichtum
bezahlen wir den türkischen Tribut.
1. Ritter: Ja, es ist nötig, daß wir uns drum kümmern:
Verstreicht der Zahltag, brechen wir das Wort,
und Einfalt wäre solche Politik!
Alle außer Barabas und den drei Juden ab.
Barabas: Ja, Politik, das ist ihr ganzer Glaube!
Und nicht die Einfalt, wie sie immer sagen. –
Ägyptens Klagen und den Fluch des Himmels,
der Erde Dürre und den Haß der Menschen
laß kommen über sie, du primus motor!
Und hier knie ich und schlag den Boden, und
zu ewiger Qual verwünsch ich ihre Seelen,
zu allen Martern in dem feurigen Abgrund,
weil sie in meiner Not *das* an mir taten.
1. Jude: Trags doch geduldig, edler Barabas!
Barabas: Einfältige Brüder, die dieser Tag erlebt,
was steht ihr ungerührt von meinem Jammer?
Was weint ihr nicht? Denkt doch, was man mir antat!
Was kränk ich mich nicht tot in diesem Unglück?
1. Jude: Ach, Barabas, wir könnens kaum ertragen,
wie grausam man jetzt mit uns selbst verfuhr.
Du sahst, sie nahmen unsre halbe Habe.

BARABAS: Was gabt ihr auch ihrer Erpressung nach?
Ihr waret viele, und ich bin nur einer,
und mir allein nahmen sie alles fort.
1. JUDE: Doch denk an Hiob, Bruder Barabas.
BARABAS: Was sprecht ihr mir von Hiob? – War sein Reichtum
nicht so beschrieben: »Siebentausend Schafe,
dreitausend Kamele, fünfhundert Eselinnen
und zweihundert Gespanne Arbeitsochsen«?
Vier für jeden Kopf von diesen Tieren
hatt ich, geschätzt nach marktgerechtem Wert
in meinem Haus, meiner Carrake
und in den andern Schiffen aus Ägypten,
genug, um ihn samt seinem Vieh zu kaufen
und doch genug zum Leben noch zu haben.
Drum soll nicht er, nur ich den Tag verfluchen
meiner Geburt: Verlorener Barabas!
Und künftig wünsch ich nur die ewige Nacht,
laß schwarze Wolken mir mein Fleisch verhüllen,
so daß mein Aug nicht mehr mein Leid sehn muß.
Nur dazu mühte ich mich ab, um hier
verlorne Zeit zu erben, leere Monde
und Sorgennächte; nichts sonst ist mein Los.
2. JUDE: Ach, Barabas, hab doch Geduld!
BARABAS: Ja, ja, laßt mich in Frieden mit meiner Geduld!
Ihr wart nie reich, drum freut euch eure Armut.
Doch laßt den einen wenigstens noch trauern,
der auf dem Schlachtfeld unter seinen Feinden
tot seine Krieger sieht, sich selbst entwaffnet,
und weiß kein Mittel mehr, sich aufzurichten:
Ja, laßt mich trauern, wie so rasch das Glück schwankt.
Ich sag das, denn ich bin zutiefst erschüttert. –
So schnell vergißt man großes Unrecht nicht.
1. JUDE: Komm, überlassen wir ihn seinem Zorn;
denn was wir sagen, steigert seine Wut nur.

2. JUDE: Gut, komm. Doch glaube mir, es ist ein Jammer,
zu sehn wie einen Mann das Schicksal schlägt.
Mein Barabas, lebt wohl! *(beide ab)*

BARABAS: Ja, lebt nur wohl!
Seht nur die Einfalt dieser elenden Sklaven,
die Schufte, weil sie selber kopflos sind,
glauben, ich sei ein unvernünftiger Lehmklotz,
den jedes Wasser fortwäscht, daß er Dreck ist:
Nein: Barabas ist da zu etwas besserm,
feiner gefügt als der gemeine Mann,
der nichts ermißt als nach des Augenblicks Maß.
Wer denken will, der muß tief in sich suchen
und schlau schon angeln nach der Zeit, die kommt:
Denn Unglück kann uns jeden Tag begegnen –
wohin geht meine schöne Abigail?

Abigail, die Tochter des Juden, tritt auf

Ach, was macht meine liebliche Tochter traurig?
Ach, Mädchen, klagt nicht um das wenige!
Dein Vater hat für dich genug noch übrig.

ABIGAIL: Nicht um mich selbst, nein um den alten Vater,
um dich nur, Barabas, klagt Abigail.
Doch laß ich diese unfruchtbaren Tränen,
und angespornt von meinem Leid will ich
mit lautem Schreien zum Senat hinlaufen,
und dort im Rat will ich sie alle schelten,
mein Haar ausraufen, bis ihr Herz zerreißt
und sie zurücknehmen, was sie dir taten.

BARABAS: Nein, Abigail. Ist etwas erst geschehn,
so wird es kaum durch Wehgeschrei kuriert.
Sei still, Tochter. Geduld macht alles leichter,
die Zeit gibt uns vielleicht Gelegenheit,
die sich im ersten Augenblick nicht bietet.
Auch, Mädchen, halt mich nicht für so naiv,
daß ich so unbedacht so viel verliere.

Nein, ich hab vorgesorgt für dich und mich:
Zehntausend Portugiesentaler, Perlen,
Juwelen und zahllose Edelsteine
hab ich, das Schlimmste fürchtend, eh es eintraf,
versteckt.

ABIGAIL: Und wo?

BARABAS: In meinem Haus, mein Mädchen.

ABIGAIL: Dann wird sie Barabas nie wiedersehen!
Sie haben doch dein Haus und Gut beschlagnahmt.

BARABAS: Doch sie erlauben mir gewiß noch einmal
zu gehen in mein Haus.

ABIGAIL: Sie könnens nicht:
Denn als ich ging, setzte der Gouverneur dort
schon Nonnen ein; und mich setzte er aus.
Sie machen ja dein Haus zum Nonnenkloster,
und niemand als ihr eigenes Geschlecht
darf dort hinein, und absolut kein Mann.

BARABAS: Mein Gold, mein Gold ist hin und all mein Reichtum
Verdient ich das, ihr ungerechten Himmel?
Was seid ihr gegen mich, ihr Unglückssterne,
wollt ihr durch Not mich zur Verzweiflung treiben?
Ihr wißt, ich hab im Unglück nicht Geduld,
glaubt ihr, ich sei so toll, mich aufzuhängen,
daß wie ein Windhauch ich die Welt verließe,
und keine Spur blieb, daß ich jemals war?
Nein, ich will leben, nicht mein Leben hassen!
Und da ihr mich ins Meer werft, daß ich sinke,
wenn ich nicht schwimm – da ihr mich ausgesetzt habt,
so nehm ich mich zusammen und wach auf.
Tochter, ich habs: Du siehst, in welches Unglück
mich dieser Christen Unterdrückung stürzt:
So folg nun mir, denn unsere höchste Not
kennt um der Rettung willen kein Gebot.

ABIGAIL: Vater, was es auch sei: Um die zu treffen,

die uns so Unrecht tun, läßt Abigail
nichts unversucht.

BARABAS: Nun gut, Wie wars? Du sagtest,
sie haben Nonnen in mein Haus gesetzt,
die sind schon dort. Sie machen draus ein Kloster.

ABIGAIL: Ja, Vater.

BARABAS: Dann muß meine Tochter bitten
um Aufnahme in dieses Nonnenkloster.

ABIGAIL: Als Nonne?!

BARABAS: Ja, Tochter. Dann bist du freier:
Vor manchem Mißtrauen schützt so ein Schleier.

ABIGAIL: Gut, Vater. Aber wird man mir auch glauben?

BARABAS: Was, »glauben«? – Du mußt sie ganz dringend bitten,
dann halten sies für wahre Frömmigkeit.
Du fange sie nur ein mit freundlichen Worten
und tu, als wären deine Sünden groß,
bis du von ihnen aufgenommen wirst.

ABIGAIL: Da werde ich viel heucheln müssen, Vater.

BARABAS: Gut! Besser heucheln, was du gar nicht glaubst,
als erst die Wahrheit sagen und dann heucheln.
Und eine falsche Religion ist besser
als ungesehene Heuchelei.

ABIGAIL: Gut, Vater.
Falls ich dann aufgenommen bin, was weiter?

BARABAS: Dies weiter:
Ich hab versteckt dort unter einer Planke,
die längs des oberen Zimmers Boden liegt,
Juweln und Gold, die ich für dich zurückhielt. –
Aber hier kommt wer. – Abigail, sei schlau!

ABIGAIL: Dann, Vater, geh mit mir.

BARABAS: Nein, Abigail.
Es tut auch gar nicht Not, daß man mich sieht dort.
Ich muß doch tun, als wär ich bös auf dich.
Kein Wort sonst, Kind. Nur so kommst du zum Gold.

Drei Mönche, zwei davon Jacomo und Barnardine, und zwei Nonnen, davon eine die Äbtissin, treten auf.

JACOMO: Schwestern, wir sind nun gleich beim neuen Kloster.

ÄBTISSIN: Gut so, denn ungern stelln wir uns zur Schau.
Einige von uns haben dreißig Jahre
sich nicht so weit ins Stadtgewühl verirrt.

JACOMO: Doch, würdige Frau, das Haus wird Euch erfreuen,
und auch die Wasserkünste des neuen Klosters.

ÄBTISSIN: Mag sein, doch wer kommt da?

ABIGAIL: Hochwürdige Äbtissin!
Und Ihr, Ihr Führer dieser glücklichen Jungfraun,
erbarmt Euch eines unglücklichen Mädchens!

ÄBTISSIN: Wer bist du, Tochter?

ABIGAIL: Das Unglückskind eines unglücklichen Juden,
des armen Barabas, des Juden von Malta,
dem einmal dieses schöne Haus gehörte,
das nun ein heiliges Nonnenkloster ist.

ÄBTISSIN: Nun, Tochter, sag, was willst du von uns haben?

ABIGAIL: Ich fürcht, das Leid, das meinen Vater traf,
ist Lohn der Sünde, denn uns fehlts an Glauben. –
Ich will mein Leben drum der Buße weihen
und will Novizin sein in eurem Kloster,
zu sühnen das, was meine Seele plagt.

JACOMO: Das geht vom Geist aus, Bruder, ohne Zweifel.

BARNARDINE: Ja, Bruder, und von einem rührenden Geist.
Bitten wir für sie, daß man sie gut aufnimmt.

ÄBTISSIN: Gut, Tochter, du kannst bei uns Nonne sein.

ABIGAIL: Laßt mich erst als Novizin lernen, mich
zu fügen einsam euren strengen Regeln.
Und laßt mich wohnen, wo ich früher lebte.
Ich zweifle nicht, daß eure heilige Vorschrift
und auch mein Eifer mir dann viel Gewinn bringt.

BARABAS: *(beiseite)* So viel, hoff ich, wie das Versteckte wert ist

ÄBTISSIN: Komm, Tochter, folge uns.

BARABAS: Was soll das, Abigail?
Was tust du unter den verhaßten Christen?
JACOMO: Hindre sie nicht, du Mann von kleinem Glauben,
denn sie ist tot für diese Welt.
BARABAS: Was? Tot!
JACOMO: Und aufgenommen in die Schwesternschaft.
BARABAS: Kind der Verdammnis! Schande deines Vaters!
Was willst du tun bei den verhaßten Feinden?
Ich fordere dich bei meinem Segen auf,
laß diese Teufel und ihre verdammte Lehre!
ABIGAIL: Vater, gib mir ...
BARABAS: Nein, Abigail, zurück! *(flüsternd)*
Und denk dran: Die Juwelen und das Gold.
Das Brett, das sie bedeckt, trägt dieses Zeichen.
(macht ein Kreuzzeichen, dann wieder laut)
Verfluchte! Fort aus deines Vaters Augen!
JACOMO: Barabas, du verharrst im falschen Glauben,
doch willst du deine eigene Not nicht einsehn,
so laß doch deine Tochter nicht mehr blind sein.
BARABAS: Blind? Mönch, ich gebe nichts auf deine Reden.
(leise zu Abigail)
Das Brett, das sie bedeckt, trägt dieses Zeichen.
(macht ein Kreuzzeichen, dann wieder laut)
Denn lieber stürb ich, als sie so zu sehen!
Verläßt du mich denn so in meiner Not,
verführte Tochter? *(leise zu ihr)* Geh, vergiß nur nicht!
(wieder laut) So leichtgläubig solln Juden doch nicht sein!
(leise zu ihr) Morgen, ganz zeitig, bin ich bei der Tür.
(laut) Nein, komm nicht her, wenn du verdammt sein willst!
Vergiß mich, sieh mich nicht, und pack dich fort! *(leise)*
Leb wohl, auf morgen früh. *(laut)*
Weg, Elende, weg! *(alle ab)*
Mathias tritt auf.
MATHIAS: Was? Abigail, des Juden schöne Tochter,

wird Nonne! Ihres Vaters jäher Sturz
hat sie erniedrigt, daß sie so sich beugte.
Eine galante Geschichte paßte besser
zu ihr als die ermüdenden Gebete.
Und sie, sie paßte besser in ein Bett,
im Arme eines Liebsten, der ihr wohl will,
als mitternachts zu feierlicher Messe.

Lodowick tritt auf.

LODOWICK: Was gibt es denn? Don Mathias ganz verblüfft?!
MATHIAS: Glaub, edler Lodowick, ich habe grade
das Seltsamste gesehn, was, meiner Meinung,
ich jemals sah.
LODOWICK: Was war das? Sag es mir.
MATHIAS: Ein schönes Mädchen, vierzehn Jahr kaum alt,
die süßeste Blume auf dem Feld Cytheras,
doch weggepflückt den Freuden dieser Erde,
den fruchtbaren: Jetzt plötzlich eine Nonne!
LODOWICK: Und wer ist sie?
MATHIAS: Des reichen Juden Tochter.
LODOWICK: Des Barabas, dem man jetzt alles wegnahm?
Ist sie so hübsch?
MATHIAS: Ganz unvergleichlich schön.
Hättest du sie gesehn, sie hätt dein Herz,
und seis mit Erz ummauert, doch zur Liebe
oder zum Mitleid wenigstens bewegt.
LODOWICK: Wenn sie so schön ist, wie du sagst, so wärs
gut zugebrachte Zeit, sie zu besuchen.
Was sagst du, gehn wir?
MATHIAS: Ich muß und will, Herr. Dran ist nichts zu ändern.
LODOWICK: Und ich will auch, was immer daraus wird.
Leb wohl, Mathias.
MATHIAS: Leb wohl, Lodowick. *(beide einzeln ab)*

2. AKT
1. Szene

Barabas kommt mit einem Licht.

BARABAS: Dem trüb prophetischen Raben gleich, der weissagt
des kranken Mannes Los mit hohlem Schnabel
und der im Schatten stiller Nacht die Seuche
aus schwarzen Schwingen schüttelt; so geplagt
läuft nun der arme Barabas gequält
mit tödlichen Flüchen hin zu diesen Christen. –
Der leichtfüßigen Zeit unstete Freuden,
sie sind geflohen und ließen mir Verzweiflung.
Und nichts von meinem frühren Reichtum bleibt mir,
nur die Erinnerung, wie des Kriegers Narbe,
die ihm kein Trost für die Verstümmlung ist.
O, du, der mit der Feuersäule führte
Israels Söhne durch die trüben Schatten,
erleucht Abrahams Stamm und lenk die Hand
Abigails heute nacht, sonst laß den Tag gleich,
der anbricht, sich zu ewigem Dunkel kehren!
Kein Schlaf hat Halt an meinen wachen Augen,
noch findet mein zerquälter Kopf mehr Ruhe,
eh meine Abigail mir Antwort gibt.

Abigail tritt oben auf.

ABIGAIL: Nun hab ich glücklich ausgespäht die Zeit,
das Brett zu finden, das mein Vater angab.
Und hier, im Dunkel, halt ich, was ich fand
in dem Versteck: Gold, Perlen und Juwelen.

BARABAS: Jetzt fällt mir jenes alten Weibes Wort ein,
das Märchen mir erzählte, als ich reich war,
und sprach von Geistern, die zur Nachtzeit schleichen
um Orte, wo ein Schatz verborgen liegt.

Und jetzt ist mir, als wär ich auch so einer:
So lang ich leb, lebt hier mein einziger Trost,
und wenn ich sterbe, soll mein Geist hier umgehn.

ABIGAIL: Mag meines Vaters günstiges Geschick ihn
doch herführn nun, an diesen Ort des Glücks.
Nicht großen Glücks – doch als wir Abschied nahmen,
sagt er, er würde früh vor Morgen hier sein.
Drum, sanfter Schlaf, wo immer er jetzt ruht,
sag Morpheus, er soll einen goldenen Traum ihm
bescheren, doch ihn schnell dann wecken, daß er
hierherkommt und sich nimmt, was ich hier fand.

BARABAS: Bien para todos mi ganada no es.
Was gut für alle ist, das nutzt mir nichts.
Grad so gut gehn, wie hier so traurig sitzen!
Doch halt! Was scheint dort für ein Stern im Osten?
Ists Abigail, dann Leitstern meines Lebens!
Wer da?

ABIGAIL: Wer ruft?

BARABAS: Still. Ich bins, Abigail.

ABIGAIL: Dann, Vater, nimm hier, was dich glücklich macht.

BARABAS: Hast dus?

ABIGAIL: Da. *(wirft Säcke hinunter)* Hast dus? Da ist noch,
und noch, und noch.

BARABAS: – O, meine Tochter! –
Mein Gold du, mein Vermögen und mein Glück!
Kraft meiner Seele, Tod für meine Feinde!
Willkommen, erster Anfang meiner Freuden.
O Abigail! – hätt ich auch dich schon wieder,
dann hätt ich alles, was mein Herz begehrt.
Doch ich will jetzt dazuschaun, daß du frei wirst.
O Mädchen! Gold, o Schönheit, o mein Glück!
(er umarmt seine Säcke)

ABIGAIL: Vater, es geht jetzt schon auf Mitternacht,
wenn alle Nonnen aufwachen und aufstehn.

Drum geh jetzt fort, daß kein Verdacht uns trifft.
BARABAS: Leb wohl, mein Glück, und nimm von meinen Fingern
hier einen Kuß aus meinem tiefsten Herzen!
(Abigail geht oben ab)
Nun, Phoebus, öffne du des Tages Augen,
und statt des Raben weck die Morgenlerche,
daß ich mit ihr mich in die Luft erhebe.
Sie singt für ihre Brut, ich sing für dies hier.
(zeigt auf das Gold)
Hermoso placer de los dineros.
Wie schön ist das Vergnügen an dem Gelde.
(geht ab)

2. Szene

Ferneze, Martin del Bosco und Ritter treten auf.
FERNEZE: Nun, Kapitän, sagt uns, was Euer Ziel ist.
Wo kommt das Schiff her, das hier bei uns ankert,
und was gingt Ihr an Land ohne Erlaubnis?
DEL BOSCO: Herr Gouverneur, mein Ziel ist diese Insel.
Mein Schiff, der Fliegende Drache, kommt aus Spanien,
genau wie ich; mein Name ist del Bosco,
Vizeadmiral Seiner katholischen Majestät.
1. RITTER: Das stimmt, Herr. Drum empfanget ihn entsprechend.
DEL BOSCO: Unsere Fracht sind Griechen, Türken, Mohren.
Denn unlängst an der korsischen Küste, weil wir
nicht Segel strichen vor der Türken-Flotte,
machten ihre Galeeren auf uns Jagd.
Doch plötzlich sprang der Wind an, und wir konnten
manövrieren und nach Willen kämpfen.
Einige warfen wir in Brand, viele sanken,
aber wir kaperten eine der andern.

Der Kapitän ist tot, die andern aber
wolln wir als Sklaven hier in Malta verkaufen.
FERNEZE: Martin del Bosco, ich hab von dir gehört!
Willkommen in Malta, und willkommen uns allen!
Doch daß du deine Türken hier verkaufst,
dürfen wir, nein, wagen wir nicht zu billigen,
weil wir Tributvertrag mit ihnen haben.
1. RITTER: Del Bosco, doch wenn du uns liebst und ehrst,
rat unserm Gouverneur ab von den Türken!
Sie lassen uns in Frieden nur für Gold,
und mit dem Gold könnten wir sie bekriegen.
DEL BOSCO: Schließt Maltas Ritterschaft nen Bund mit Türken?
Dazu noch schmählich, nur erkauft mit Gold?
Bedenkt, Herr, daß zur Schande ganz Europas
die christliche Insel Rhodos, wo Ihr herkommt,
unlängst verlorenging. Und hier von euch heißts,
in Malta ihr seid Todfeinde der Türken.
FERNEZE: Ja, Kapitän, doch klein ist unsere Streitkraft.
DEL BOSCO: Mein Herr und König hat Anspruch auf die Insel
und könnt Euch, wenn er will, hier schnell vertreiben;
drum folget mir: Behaltet Euer Gold!
Ich schreib an Seine Majestät um Hilfe
und fahr nicht fort, bevor ich Euch befreit seh.
FERNEZE: Wenns so ist, so verkauf du deine Türken! –
Beamte, geht und stellt sie gleich zur Schau. *(Beamte ab)*
Del Bosco, du sollst Maltas General sein.
Wir und hier unsre Ritter folgen dir
gegen die ungläubig-barbarischen Türken.
DEL BOSCO: So ahmt ihr die nach, welche vor euch waren.
Denn als der gräßliche Türke Rhodos einschloß,
war zwar die Zahl klein, die die Stadt beschützte,
doch kämpfte bis zuletzt. Kein Mann blieb übrig,
der Christenheit die traurige Nachricht zu geben.

FERNEZE: So wolln auch wir kämpfen. – Kommt, laßt uns gehn.
Du stolzer, toller Calymath, statt Gold
schicken wir Kugeln dir, gehüllt in Rauch und Feuer! –
Wir sind bereit! Tribut holt, wo ihr wollt.
Ehre kauft man mit Blut und nicht mit Gold! *(alle ab)*

3. Szene

Beamte treten auf mit Ithamore und anderen Sklaven.

1. BEAMTER: Das ist der Marktplatz, und da laßt sie stehn,
und sorgt euch nicht: die wird man sehr schnell kaufen.

2. BEAMTER: Ein jeder trägt den Preis auf seinem Rücken,
und keiner wird unter dem Preis verkauft.

Barabas tritt auf.

1. BEAMTER: Da kommt der Jud. Hät man ihn nicht gerupft,
er gäbe uns gleich Bargeld für sie alle.

BARABAS: Zum Trotze dieser schweinefressenden Christen –
ein unerwähltes Volk, niemals beschnitten,
nur arme Teufel, an die keiner dachte,
eh Vespasian und Titus uns besiegten –
bin ich nun wieder reich, wie ich zuvor war.
Sie hofften, meine Tochter würde Nonne,
doch ist sie bei mir, und ich kauft ein Haus,
so groß und schön wie das des Gouverneurs;
und hier, zum Trotz ganz Maltas, will ich wohnen.
Ich hab Fernezes Hand drauf. Doch ich will
sein Herz – und seines Sohns! –, was es auch koste.
Ich bin nicht aus dem Stamme Levi, ich nicht,
der schnell jede Beleidigung vergißt.
Wir Juden schmeicheln, wie Hunde, wenn wir wolln.
Und wenn wir Zähne zeigen, beißen wir.

Doch unser Blick ist grad so unschuldig
und harmlos wie die Augen eines Lammes.
Ich lernte in Florenz mein Händchen küssen,
wenn sie mich Hund nannten, die Achseln zucken
und bücken mich, tief wie ein Bettelmönch.
Ich hofft dabei, ich seh sie auf der Bank noch
verhungern, oder daß man für sie sammelt Geld
in unserm Tempel, und wenn die Reih an mich kommt,
ich aus Erbarmen in den Beutel spucke.
Da kommt Don Lodowick, Sohn des Gouverneurs,
den ich, um seines guten Vaters willen, liebe.

Lodowick tritt auf.

LODOWICK: Ich hör, der reiche Jude ging grad hier.
Ich will ihn suchen, um mich einzuschmeicheln,
so daß ich Abigail zu Gesicht krieg,
denn Don Mathias sagt mir, sie ist schön.

BARABAS: *(beiseite)* Nun will ich zeigen, daß ich von der Schlang
mehr als der Taube hab, das heißt, mehr Schuft als Narr bin.

LODOWICK: Dort geht der Jude, der mich führt zur Schönen,
zu Abigail.

BARABAS: *(beiseite)* Ja, ja und gar kein Zweifel:
Sie steht Euch zu Gebot.

LODOWICK: Barabas, ich bin der Sohn des Gouverneurs.

BARABAS: Ich wollt, Ihr wäret auch sein Vater, Herr.
Sonst wünsch ich Euch nichts Schlechtes. *(beiseite)*
Dieser Sklave sieht wie ein frisch rasierter Schweine-
rüssel aus.

LODOWICK: Wo gehst du hin, Barabas?

BARABAS: Nicht weiter. Das ist so bei uns der Brauch:
Wenn wir mit Heiden sprechen, wie mit Euch,
dann drehn wir in der Luft uns, uns zu säubern.
Denn die Verheißung Gottes gehört uns.

LODOWICK: Kannst du mir einen Diamant verschaffen?

BARABAS: Herr, Euer Vater hat meine Diamanten.

Doch einer blieb mir, der Euch sicher zusagt.
(beiseite) Ich meine Abigail, doch eh er die kriegt,
wollt ich sie auf dem Scheiterhaufen opfern!
Ich hab das Gift der Stadt für ihn und auch
den weißen Aussatz.

LODOWICK: Glänzt er auch ohne Unterlage schön?

BARABAS: Mein Diamant war noch nie unterlegt. *(beiseite)*
Doch wenn er ihn berührte, wär er es. *(laut)*
Lord Lodowick, er glänzt sehr hell und schön.

LODOWICK: Ist er viereckig oder spitz? Ach, sagts mir.

BARABAS: Spitz, lieber Herr. *(beiseite)* Doch spitzt sie nicht auf Euch.

LODOWICK: So ist er mir viel lieber.

BARABAS: Und auch mir.

LODOWICK: Wie glänzt er in der Nacht?

BARABAS: Mehr als des Mondes Schein.
(beiseite) Du hättst ihn lieber in der Nacht allein!

LODOWICK: Was ist der Preis?

BARABAS: *(beiseite)* Dein Leben, weiter nichts. *(laut)*
Ach, Herr, wir wolln nicht handeln. Kommt zu mir ins Haus:
Ich geb ihn Euer Gnaden – *(leise)* nach Gebühr.

LODOWICK: Nein, Barabas, ich will ihn erst verdienen.

BARABAS: Mein guter Herr,
Euer Vater hat ihn schon von mir verdient,
der, nur aus Güte und christlichem Erbarmen,
um mich zum reinen Glauben hinzubringen,
ja, sozusagen, mich katechisierte,
um meine Todsünden mir vorzuhalten,
ob ich nun wollte oder nicht, Beschlag legt
auf all mein Gut und mich zum Tor hinauswarf,
und keuschen Nonnen gab mein Haus als Kloster.

LODOWICK: Das trägt einst, fraglos, deiner Seele Früchte.

BARABAS: Ja. Doch, mein Herr, die Ernte ist noch fern;
doch weiß ich, die Gebete dieser Nonnen
und heiligen Brüder, die man dafür zahlt,

sind wunderbar *(beiseite)* und helfen keinem Menschen.
(wieder laut) Und da sies weiter treiben und nicht faul sind,
mags sein, daß sie dereinst noch Früchte tragen.
Ich meine, dann, wenn ihre Stunde kommt.

LODOWICK: Ach, sieh doch unsre Nonnen nicht so schief an!

BARABAS: Nein, nein. Ich seh sie nur voll Feuereifer, *(beiseite)*
ich hoff ja, bald steck ich das Haus in Brand;
denn wenn sie sich auch noch vermehren dort,
in dem Haus hab dann ich das letzte Wort. *(laut zu Lodowick)*
Nun, was den Diamant betrifft, mein Herr,
kommt in mein Haus, dann soll kein Preis uns trennen,
schon Eures ehrenwerten Vaters wegen. *(beiseite)*
Wenns menschenmöglich ist, will ich dich tot sehn. *(laut)*
Doch ich muß gehn jetzt, einen Sklaven kaufen.

LODOWICK: Ach, Barabas, ich leiste dir Gesellschaft.

BARABAS: Dann kommt. Hier ist der Marktplatz. – Dieser Sklave,
was kostet er? Zweihundert Kronen? Wiegt ein Türk so schwer

1. BEAMTER: Das ist sein Preis, mein Herr.

BARABAS: Was? Kann er stehlen, daß ihr so viel fordert?
Vielleicht weiß er nen neuen Taschendiebskniff.
Wenn ja, ist er dreihundert Platten wert,
und wer ihn kauft, braucht noch das Siegel der Stadt,
das schützt, so lang er lebt, ihn vor dem Galgen.
Denn der Gerichtstag ist für Diebe kritisch,
nur wenige entkommen ungeläutert.

LODOWICK: Der Mohr hier geht schon um zweihundert Platten?

1. BEAMTER: Nicht mehr, mein Herr.

BARABAS: Was? Soll der Türk teurer sein als der Mohr?

1. BEAMTER: Weil er noch jung ist und mehr kann als er.

BARABAS: Hast du den Stein der Weisen? Wenn ja, dann brich
mir den Kopf mit ihm; ich verzeih dirs.

1. SKLAVE: Nein Herr, ich kann Haarschneiden und Barbieren.

BARABAS: Laß mich sehn, Bursche: Bist du nicht ein alter Halsabschneider?

1. SKLAVE: Ich bin leider sehr jung und unerfahren, Herr.

BARABAS: Jung? Dann kauf ich dich und verheirate dich mit Frau Welt in ihrer ganzen Eitelkeit, wenn du dich gut bewährst.

1. SKLAVE: Ich will Euch dienen, Herr.

BARABAS: Fragt sich nur, wozu. Vielleicht tust du, als rasiertest du mich, und schneidest mir die Kehle ab, um meines Goldes willen. Sag mir, bist du gesund?

1. SKLAVE: Ja, kerngesund.

BARABAS: Desto ärger. Ich muß einen haben, der kränklich ist, und seis auch nur, um am Essen zu sparen. Diese Bakken da halten keine sieben Pfund Rindfleisch am Tag so rund. Laßt mich einen sehn, der etwas magerer ist.

1. BEAMTER: Hier ist ein magerer. Wie gefällt Euch der?

BARABAS: Wo bist du geboren?

ITHAMORE: In Thrakien; aufgezogen in Arabien.

BARABAS: Ah, desto besser; du bist recht für mich.
Und hundert Kronen? Da: Ich will ihn nehmen.

1. BEAMTER: Dann zeichnet ihn, Herr, und nehmt ihn mit Euch.

BARABAS: *(leise)* Ja, mit dem Zeichen Kains; denn durch den soll noch mit meiner Hilfe viel geschehn.
Mein Herr, lebt wohl. *(zu Ithamore)* Komm, Bursche, du bist mein.
(zu Lodowick) Und dieser Diamant soll Euer sein.
Seid bitte, Herr, in meinem Haus kein Fremdling,
denn was ich habe, steht Euch zu Befehl.

Mathias und seine Mutter Katherine treten auf.

MATHIAS: *(leise)* Was tut der Jud mit Lodowick so heimlich?
Ich fürcht, da geht es um die schöne Abigail!

BARABAS: Bleibt doch, dort drüben seh ich Don Mathias.
Er liebt mein Kind, und ihr ist er sehr lieb.
Jedoch ich schwur, sie beide zu enttäuschen
und mich zu rächen – *(leise)* an dem Gouverneur.
(Lodowick ab)

KATHERINE: Der Mohr ist doch der Schönste? Nicht, mein Sohn?

MATHIAS: Nein, der ist besser, Mutter. Sieh genau hin.

BARABAS: *(leise zu Mathias)* Zeigt nicht, daß Ihr mich kennt, vor Eurer Mutter,
sonst ahnt sie noch, was Euch mit mir verbindet. –
Wenn du sie heimgebracht hast, komm zu mir.
Betrachte mich als Vater. – Sohn, leb wohl.

MATHIAS: *(leise zu Barabas)* Doch wovon sprach Don Lodowick mit Euch?

BARABAS: *(leise)* Still, Mann! von Diamanten, nicht Abigail.

KATHERINE: Sag mir, Mathias, ist das nicht der Jude?

BARABAS: Den Kommentar über die Makkabäer?
Den hab ich, Herr. Der steht Euch zur Verfügung.

MATHIAS: Jawohl, Frau Mutter, und ich sprach zu ihm nur
von einem Buch, das ich mir leih von ihm.

KATHERINE: Sprich nicht mit ihm; er ist von Gott verworfen.
(zum Beamten)
Da hast du deine Kronen, Kerl. – Kommt weg.

MATHIAS: Herr Jude, denkt ans Buch.

BARABAS: Das will ich wohl, Herr.

Mathias, Katherine und ihr Sklave gehen ab.

1. BEAMTER: Wir haben gar nicht schlecht verkauft. Kommt fort jetzt!
(Beamte mit Sklaven ab)

BARABAS: Nun laß mich deinen Namen wissen, deine Geburt,
und deinen Stand und Glauben auch.

ITHAMORE: Ehrlich gesagt, Herr, meine Geburt ist nur niedrig, mein Name ist Ithamore, mein Glaube, was immer Euch gefällt.

BARABAS: Hast du kein Handwerk? Dann hör auf mein Wort,
dann lehr ich dich das, was du können mußt.
Erstens, befrei dich von diesen Gefühlen:
Törichte Hoffnung, Furcht, Mitleid und Liebe.
Nichts soll dich rühren, Mitleid dich nicht plagen,
doch lächle, wenn du hörst, wie Christen klagen.

ITHAMORE: O gut, Herr! Dafür ehr ich Eure Nase!
BARABAS: Was mich betrifft, so geh ich nachts herum
und töte Kranke, die am Wegrand ächzen.
Zuweilen geh ich und vergifte Brunnen.
Manchmal verlier ich gern auch ein paar Kronen,
um christliche Diebsherzen zu erfreun.
Dann freu ich mich zu sehn, vom Balkon aus,
wie sie in Fesseln an der Tür vorbeigehn. –
Als junger Mann studiert ich Medizin,
da rafft ich ein paar Italiener hin.
Ich machte Priester reich durch Leichenreden
und hielt die Küster immerzu in Trab
mit Gräberschaufeln und mit Glockenläuten.
Dann später baut ich neue Kriegsmaschinen,
denn da gabs zwischen Deutschland und Frankreich Krieg.
Ich tat, als wollt ich Karl dem Fünften dienen,
doch schlug mit meinen Minen Freund und Feind.
Als das vorbei war, wurde ich ein Wuchrer,
und mit Erpressung, Täuschung und Bankrott
und Kniffen, die zum Maklertum gehören,
füllt ich die Kerker bald mit Schuldnern an
und Armenhäuser auch mit Waisenkindern.
Ich trieb zum Wahnsinn einen jeden Monat,
und manchmal hing sich einer auf aus Kummer
und steckte sich ne lange Liste an,
wie ich mit Zinsen ihn gepeinigt hätte. –
Doch, sieh, wie ich gesegnet bin dafür:
Ich hab genug, die ganze Stadt zu kaufen. –
Doch nun sag du mir, wie hast du gelebt?
ITHAMORE: Ehrlich gesagt, Herr,
ich habe Christendörfer angesteckt,
Eunuchen und Galeerensklaven gefesselt.
Einmal war ich Stallknecht in einem Wirtshaus,
und in der Nacht schlich ich mich in die Zimmer

der Reisenden und schnitt ihnen den Hals durch.
Einst in Jerusalem, wo die Pilger knieten,
streut ich ein Pulver auf die Marmorsteine,
das hat dann ihre Knie so sehr entzündet,
daß ich laut lachte, da ich sie als Krüppel
mit Krücken humpeln sah zur Christenheit.

BARABAS: Ah, das ist etwas! Du kannst auf mich zählen als
deinesgleichen! Beide sind wir Schurken,
beide beschnitten, beide Christenhasser!
Sei treu und still, dann fehlts dir nicht an Gold. –
Doch geh beiseite, denn Don Lodowick kommt!

LODOWICK: O Barabas, wie gut, daß ich Euch traf!
Wo ist der Diamant, von dem Ihr spracht?

BARABAS: Ich hab ihn für Euch, Herr. Kommt nur ins Haus.
He, Abigail! Mach doch die Tür auf! Hörst du!

Abigail kommt

ABIGAIL: Ihr kommt grad recht, Vater: Ein Brief von Ornus
ist da. Der Bote wartet drinnen noch.

BARABAS: Gib mir den Brief, mein Kind. – Und hör gut zu:
Sei mit dem Sohn des Gouverneurs, Lodowick,
so artig, wie du es nur fertig bringst,
solang du deine Jungfernschaft behältst. – *(beiseite)*
Behandle ihn, als wär er – ein Philister.
Heuchle, beteure, schwör, daß du ihn liebst. –
Er ist ja nicht vom Samen Abrahams. *(wieder laut)*
Ich bin etwas beschäftigt, Herr. Verzeiht mir.
Heiß ihn willkommen, Tochter, um meinetwillen!

ABIGAIL: Willkommen! Euret- und auch seinetwillen!

BARABAS: Ein Wort noch, Kind: *(leise)* Küß ihn und
schmeichle ihm,
sei wie ein schlauer Jude: fang es so an,
daß ihr verlobt seid, eh er wieder geht.

ABIGAIL: *(leise)* Ach Vater! Ich liebe doch Don Mathias!

BARABAS: *(leise)* Ich weiß: Ich sage nur, tu ihm jetzt schön.

Tus, es muß sein. *(laut)* So wahr ich leb, die Handschrift
von meinem Faktor! Doch geht nur hinein,
ich muß mich mit der Sache da befassen.
Lodowick und Abigail ab.
Die Sache ist perfekt, denn Lodowick stirbt.
Mein Faktor schreibt, ein Kaufmann ist geflohen,
der schuldet mir noch hundert Fässer Wein.
Dran liegt mir so viel! *(schnalzt mit den Fingern)* Geld
hab ich genug. Jetzt hat er Abigail wohl schon geküßt,
und jetzt schwört sie ihm Liebe, und er ihr.
So wahr Gott Manna regnen ließ den Juden,
so wahr solln er und Don Mathias sterben! –
Sein Vater war der ärgste meiner Feinde. *(Mathias tritt auf)*
Ach, Don Mathias ! – Was bringt Euch hierher?

MATHIAS: Was sonst als Abigail, mein schönes Lieb?!

BARABAS: Du weißt doch, und der Himmel ist mein Zeuge,
daß ich dir meine Tochter geben will?

MATHIAS: Ja, Barabas, wenn du mich nicht sehr täuschst.

BARABAS: Das sei der Himmel vor, daß ich so denke!
Verzeih mir, daß ich wein. – Des Gouverneurs Sohn
will, ohne mich zu fragen, Abigail haben.
Er schickt ihr Briefe, Ringe, Schmuck, Juwelen.

MATHIAS: Und nimmt sie sie?

BARABAS: Sie? Nein, Mathias. Sie schickt sie zurück.
Und wenn er herkommt, sperrt sie ihre Tür zu.
Doch dann spricht er zu ihr durchs Schlüsselloch.
Sie läuft ans Fenster dann, und sie hält Ausschau,
ob Ihr nicht kommt und von der Tür ihn fortzieht.

MATHIAS: O, der verräterische Lodowick!

BARABAS: Erst eben, als ich kam, schlüpft er herein,
ich bin ganz sicher, er ist bei Abigail.

MATHIAS: Ich jag ihn fort!

BARABAS: Nicht um ganz Malta! Gleich steckt Euer Schwert ein!
Wenn Ihr mich liebt, kein Kampf in meinem Haus!

Doch schleicht hinein und tut, als säht Ihr ihn nicht. –
Ich will ihm was erzählen, eh er fortgeht,
daß er nicht mehr viel Hoffnung auf sie hat.
Doch fort, da kommen sie.

Lodowick und Abigail kommen.

MATHIAS: Was? Hand in Hand? Das kann ich nicht ertragen!
BARABAS: Wenn du mich liebst, Mathias, nicht ein Wort!
MATHIAS: Nun gut, mags sein. – Jedoch ein ander Mal ...!
Mathias ab.

LODOWICK: Barabas, war das nicht der Sohn der Witwe?
BARABAS: Ja. Und gebt acht: Er hat Euch Tod geschworen.
LODOWICK: Mir Tod? Ist er verrückt? Der Knecht, der Bauer?!
BARABAS: Nein, nein. Zum Glücke aber fürchtet er –
ich glaub, Euch fiel das nicht einmal im Traum ein –
mein Mädchen hier, ein einfältiges Kind.
LODOWICK: Was? Liebt sie Don Mathias?
BARABAS: Ist nicht ihr Lächeln Euch Antwort genug?
ABIGAIL: *(leise)* Er hat mein Herz; ich lächle nur gezwungen.
LODOWICK: Du weißt, ich lieb schon lange deine Tochter.
BARABAS: Und sie auch Euch, von Kindesbeinen an.
LODOWICK: Dann kann ich nicht mehr warten, es zu sagen!
BARABAS: Auch ich muß sagen, was ich fühl für dich.
LODOWICK: Das ist dein Diamant! – Darf ich ihn haben?
BARABAS: Gewinn ihn, trag ihn. – Keiner trug ihn noch.
Ich weiß zwar nicht, Herr, ob Ihrs nicht verabscheut,
zu heiraten die Tochter eines Juden.
Doch geb ich ihr viel goldene Kreuze mit,
mit Christensprüchen rund um ihre Ränder.
LODOWICK: Nicht deinen Reichtum lieb ich, sondern sie,
doch bitte ich um deine Zustimmung.
BARABAS: Die hast du. Nun laß mich zur Tochter sprechen.
(leise zu ihr) Der Sprößling Kains da, dieser Jebusit,
der nie vom heiligen Pessachmahl noch aß,
noch jemals das Land Kanaan sehn wird,

noch unseren Messias, der erst kommt; –
der Wurm, der unreine da; Lodowick,
der muß betrogen sein: Gib deine Hand ihm,
doch heb dein Herz auf, bis Mathias kommt.

ABIGAIL: So werde ich mit Lodowick verlobt?

BARABAS: *(leise)* Es ist nicht Sünde, Christen zu betrügen,
denn sie behaupten selbst, es sei ein Grundsatz,
den Ketzern brauche man nicht Wort zu halten.
Doch die nicht Juden sind, sind alle Ketzer,
drum ist es recht so. Fürchte nichts, mein Kind. *(laut)*
Ich hab mit ihr gesprochen; sie stimmt zu.

LODOWICK: Dann, liebe Abigail, gelob mir Treue.

ABIGAIL: Ich kann nicht wählen, wenn mein Vater spricht.
Nichts als der Tod trenne mein Lieb und mich.

LODOWICK: Nun hab ich das, wonach mein Herz sich sehnte.

BARABAS: *(leise)* Ich habs noch nicht, doch hoff ich, ich habs bald.

ABIGAIL: *(leise)* Ach, Abigail, was hast du jetzt getan?!

LODOWICK: Was ändert sich so plötzlich deine Farbe?

ABIGAIL: Ich weiß nicht. Doch lebt wohl; ich muß jetzt gehn.

BARABAS: Halt sie zurück, doch laß sie nichts mehr sagen.

LODOWICK: So plötzlich stumm? Das ist ein rascher Wandel.

BARABAS: Staunt drüber nicht. Es ist Hebräer-Brauch;
ein jung verlobtes Mädchen weint ein wenig.
Laß sie, mein lieber Lodowick, und geh;
sie ist dein Weib, du sollst mein Erbe sein.

LODOWICK: Wenn das der Brauch ist, dann bin ich erleichtert.
Doch lieber solln die lichten Himmel trüb sein,
Wolken die Schönheit der Natur ersticken,
als daß schön Abigail die Stirn mir kraus zieht. –
Da kommt der Schuft! – Nun will ich meine Rache!

Mathias kommt.

BARABAS: Still, Lodowick! – Es ist genug, daß ich
dir Abigail jetzt sicher zugesagt hab.

LODOWICK: Gut, mag er gehn. *(ab)*

BARABAS: Gut, ohne mich, als Ihr hereinkamt jetzt,
wärt Ihr erstochen worden. Doch kein Wort nun:
In diesem Haus kein Wort, kein blankes Schwert.
MATHIAS: Gestattet, Barabas, daß ich ihm nachgeh.
BARABAS: Nein, weil sonst ich, wenn Blut fließt, Mitschuld trag
an euer beider Taten. – Räche dich
an ihm das nächste Mal, wenn du ihn triffst.
MATHIAS: Dafür will ich sein Herz!
BARABAS: Ganz recht. – Hier gebe ich dir Abigail.
MATHIAS: Was mehr kann je der arme Mathias haben!?
Soll Lodowick mir diese Liebe rauben?
Abigail ist mir teurer als mein Leben.
BARABAS: Ich ahn, daß er, zum Schaden Eurer Liebe,
zu Eurer Mutter hinging; drum ihm nach.
MATHIAS: Was? Ist er wirklich hin zu meiner Mutter?
BARABAS: Nun, wenn Ihr wollt, bleibt, bis sie selber herkommt
MATHIAS: Ich kann nicht bleiben; wenn die Mutter kommt,
stirbt sie vor Kummer. *(er geht)*
ABIGAIL: Ich kann nicht Abschied nehmen von ihm vor Tränen
Vater, was habt Ihr beide so erzürnt?
BARABAS: Was liegt dir dran?
ABIGAIL: Ich will sie wieder versöhnen!
BARABAS: Versöhnen? Gibts nicht Juden genug in Malta,
daß du vernarrt sein mußt in einen Christen?
ABIGAIL: Ich will den Don Mathias, denn ich lieb ihn.
BARABAS: Ja, und du sollst ihn haben. – Geh, schließ sie ein.
ITHAMORE: Jawohl, ich schließ sie ein. *(schließt Abigail ein)*
BARABAS: Nun sag mir, Ithamore, wie findest du das?
ITHAMORE: Herr, meiner Treu, ich denk, auf diese Art kriegt
Ihr aller beider Leben. Oder nicht?
BARABAS: Das stimmt, und das wird listig ausgeführt.
ITHAMORE: O Herr, ich wünscht, da hätt auch ich die Hand
drin!
BARABAS: Das sollst du auch: Du tust das, was noch fehlt.

Nimm das da und trags gleich hin zu Mathias,
und sage ihm, es kommt von Lodowick.

ITHAMORE: Vergiftet? Was?

BARABAS: Nein, nein, und doch, auch so könnte man es tun. –
Es ist eine Herausfordrung, gefälscht,
als wollte Lodowick sich mit ihm schlagen.

ITHAMORE: Keine Sorge, ich will ihn so von Herzen wütend machen,
daß er steif und fest glauben soll, es kommt von ihm.

BARABAS: Ich freu mich, wie bereit du bist zu allem.
Doch sei nicht voreilig, sondern verschlagen.

ITHAMORE: Gebraucht mich in Zukunft danach, wie ich mich in dieser Sache anstelle!

BARABAS: Gut. Also fort! *(Ithamore ab)*
Ich selber will jetzt gehn zu Lodowick.
Und wie ein schlauer Teufel was erfinden,
um auch in ihm die Feindschaft zu entzünden. *(ab)*

3. AKT

1. Szene

Bellamira, eine Kurtisane, tritt auf.

BELLAMIRA: Seit der Belagerung verdien ich wenig.
Es gab ne Zeit, da gaben sie mir willig
für eine bloße Nacht hundert Dukaten.
Jetzt muß ich aber wider Willen keusch sein,
obwohl ich weiß, an Schönheit fehlts mir nicht. –
Kaufleute kamen aus Venedig, und
von Padua die allerklügsten Herren;
Gelehrte mein ich, großzügig und weise.

Und jetzt kommt keiner außer Pilia-Borza.
Und der geht mir nur selten aus dem Haus.
Da kommt er wieder.

Pilia-Borza tritt auf.

PILIA-BORZA: Halt die Hand auf, Dirne, da ist was für dich zum Ausgeben.

BELLAMIRA: Das ist nur Silber, das verachte ich.

PILIA-BORZA: Ja, aber der Jud hat Gold,
und das krieg ich, auch wenn es noch so schwer wär.

BELLAMIRA: Wie kamst du dazu, sag?

PILIA-BORZA: Na, ich bin durch die Hintergassen gegangen, und durch die Gärten, da hab ich zufällig einen Blick hinauf in des Juden Kontor geworfen, und da hab ich einige Beutel mit Geld liegen gesehen. Dann in der Nacht bin ich mit meinen Haken hinaufgeklettert, und grade, als ich mir was aussuchen wollte, hörte ich ein Geräusch im Haus. Da nahm ich nur das da und lief davon. Aber dort kommt dem Juden sein Diener.

Ithamore tritt auf.

BELLAMIRA: Versteck den Beutel.

PILIA-BORZA: Schau nicht hin zu ihm, komm fort.
Verflucht, wie du nur schaust,
du wirst uns gleich verraten.

(Bellamira und Pilia-Borza ab)

ITHAMORE: O, das süßeste Gesicht, das ich je gesehn hab! Ich sehs an ihrem Kleid, sie ist eine Kurtisane; da wollt ich doch gleich hundert von des Juden Kronen geben, wenn ich so eine Konkubine hätte! Die Forderung hab ich gut gestellt, und so stechen die zwei sich tot. – Das macht mich froh. *(geht ab)*

2. *Szene*

Mathias tritt auf.

MATHIAS: Das ist der Ort; Abigail soll jetzt sehn,
ob nicht Mathias alles für sie einsetzt.
Lodowick tritt auf, er liest.

MATHIAS: Was? Wagt der Schuft, mir so gemein zu schreiben?

LODOWICK: Ja! Und du räche dich, wenn du dich traust!
(sie fechten)

Barabas erscheint auf dem Balkon.

BARABAS: Sie kämpfen tapfer. Aber stoßt doch zu!
Auf, Lodowick! Auf, Mathias! Ja, so! *(beide fallen tot um)*
Jetzt zeigten sie, sie waren tapfre Kerle.

Rufe im Haus.

Trennt sie! Trennt sie!

BARABAS: Ja, trennt sie jetzt, als Tote. Nun lebt wohl!
(Barabas ab)

Ferneze, Katherine und Diener treten auf.

FERNEZE: Was seh ich da? Mein Lodowick erschlagen!
Hier meine Arme solln dein Grabmal sein.

KATHERINE: Und da? Mein Sohn Mathias liegt erschlagen!

FERNEZE: Ach, Lodowick, hätt dich der Türk getötet,
der arme Ferneze hätt dich rächen können!

KATHERINE: Dein Sohn schlug meinen tot, ich räche ihn.

FERNEZE: Katherine, schau: So traf dein Sohn den meinen.

KATHERINE: Ach, höre auf! Mein Schmerz ist schon genug.

FERNEZE: Ach, würden meine Seufzer Lebensatem
und meine Tränen Blut, dann könnt er leben.

KATHERINE: Wer machte sie zu Feinden?

FERNEZE: Ich weiß nicht, und das kränkt mich mehr als alles.

KATHERINE: Mein Sohn war deinem freund.

FERNEZE: Und Lodowick ihm.

KATHERINE: Leih mir das Schwert, das meinen Sohn erschlug, es soll auch mich morden.

FERNEZE: Nein, Madam, halt! Das Schwert war meines Sohnes,
und an dem sollte doch Ferneze sterben.

KATHERINE: Halt! Laßt uns erst die Schuldigen entdecken,
und unsre Rache soll die Welt erschrecken.

FERNEZE: Bahrt sie jetzt auf und lasset sie bestatten.
Setzt beiden ein gemeinsames steinernes Grabmal.
Auf dem Altar will ich dann täglich bringen
das Opfer meiner Tränen, meiner Seufzer.
Und mein Gebet soll hoch zum Himmel dringen,
der zeigt uns dann die Schuldigen unserer Schmerzen,
die trennten zwei vereinter Freunde Herzen.
Kommt, Katherine, wir büßten gleichviel ein,
laßt unsern Kummer gleich geteilt auch sein.

Beide ab, die Diener tragen die Toten fort.

3. Szene

ITHAMORE: Ach, hat man je so einen Streich gesehn?
So schön erdacht und trefflich ausgeführt
und beide hingehalten und betrogen!

ABIGAIL: Was ist denn, Ithamore? Was lachst du denn?

ITHAMORE: O Herrin, ha ha ha!

ABIGAIL: Was ist, was hast du?

ITHAMORE: O, mein Herr! Mein Herr!

ABIGAIL: Was?

ITHAMORE: O, Herrin, ich habe den tapfersten, ehrenwertesten, verschwiegensten, abgefeimtesten, mit der größten Nase gesegneten Schurken zum Herren, den je ein Diener hatte.

ABIGAIL: Sag Schuft, was schwatzt du so von meinem Vater?

ITHAMORE: Ach, mein Herr hat die feinsten aller Kniffe.

ABIGAIL: Worin?

ITHAMORE: Wie, wißt Ihr nicht?

ABIGAIL: Nein, gar nichts.

ITHAMORE: Was Lodowick und Don Mathias geschah?

ABIGAIL: Nein, was war das?

ITHAMORE: Ganz einfach, der Teufel hat eine Herausforderung erfunden, mein Herr hat sie aufgeschrieben, und ich hab sie ausgetragen, zuerst an Lodowick, und imprimis zu Mathias. – Dann trafen sie sich, so erzählts die Sage, und endeten gar kläglich ihre Tage.

ABIGAIL: Und hat mein Vater ihren Tod herbeiführen geholfen?

ITHAMORE: Bin ich Ithamore?

ABIGAIL: Ja!

ITHAMORE: Genauso sicher hat Euer Vater die Herausforderung geschrieben, und ich hab sie ausgetragen.

ABIGAIL: Nun, Ithamore, ich habe eine Bitte:
Geh zu dem neuen Kloster, und dort frag
nach einem von den Mönchen von Sankt Jacques,
und sag, ich bitte sie, zu mir zu kommen.

ITHAMORE: Ich bitt Euch, Herrin, wollt Ihr mir eine einzige Frage beantworten?

ABIGAIL: Nun Bursche, was ist die?

ITHAMORE: Eine sehr gefühlvolle Frage: Haben nicht die Nonnen dann und wann mit den Mönchen ihren guten Spaß?

ABIGAIL: Fort, frecher Kerl! War das die Frage? Geh schon.

ITHAMORE: Das will ich, Herrin. *(geht)*

ABIGAIL: Hartherziger Vater, böser Barabas,
war das die Politik von deinen Kniffen?
Daß ich zu beiden liebevoll sein sollte,
damit durch meine Liebe beide stürben?
Lodowick haßtest du seines Vaters wegen,
doch was hat Don Mathias dir getan?
Du warst nur aus auf Rache ohne Grenzen,

weil man dein Eigentum einst konfiszierte.
Das rächtest du am Sohn des Gouverneurs,
und nicht an ihm nur, sondern an Mathias,
und durch Mathias mordest du auch mich.
Ich sehe, es ist keine Lieb auf Erden.
Kein Jud hat Mitleid und kein Türk ist fromm.
Doch hier kommt der verfluchte Ithamore
und bringt den Klosterbruder.

Ithamore kommt mit Bruder Jacomo.

BRUDER JACOMO: Virgo salve!
ITHAMORE: Was? Mit welcher Salbe?
ABIGAIL: Willkommen, würdiger Bruder. Ithamore, geh!
(Ithamore ab)
Wißt, frommer Herr, ich wag, Euch was zu bitten.
JACOMO: Was denn?
ABIGAIL: Daß Ihr mir Aufnahme erwirkt als Nonne.
JACOMO: Ach Abigail, es ist noch nicht lang her,
daß ich für deine Aufnahme dort eintrat,
und dann mochtest du nicht das fromme Leben.
ABIGAIL: Mein Denken war noch unwissend und falsch
und an die Torheit dieser Welt gekettet.
Jetzt hat Erfahrung mich, bezahlt mit Kummer,
den Unterschied der Dinge sehn gelehrt.
Zu lange schon hat meine sündige Seele
des falschen Glaubens Labyrinth durchirrt,
fern von dem Sohn, der ewiges Leben gibt.
JACOMO: Wer hat dich das gelehrt?
ABIGAIL: Dort die Äbtissin.
Was sie mir eifrig zusprach, seh ich ein nun.
Und drum, Jacomo, laßt mich eine sein
der Schwestern, auch wenn ich es noch nicht wert bin.
JACOMO: Ich wills, Abigail. Doch bleib diesmal standhaft,
denn Wankelmut läg schwer auf deiner Seele.
ABIGAIL: Mein Vater war dran schuld.

Jacomo: Wieso dein Vater?
Abigail: Nein, nein. Verzeiht mir. *(beiseite)* Barabas! Auch wenn
du es kaum um mich verdient hast: Niemals sollen
doch diese Lippen preisgeben dein Leben.
Jacomo: Komm, gehn wir?
Abigail: Ja, wies meine Pflicht mich heißt. *(beide ab)*

4. Szene

Barabas tritt auf, er liest einen Brief.
Barabas: Was? Abigail ist wieder Nonne? Falsche!
Entartete! Hast du denn keinen Vater?
Und ohne mein Gebot, ohne ein Wort
bist du schon wieder in dem Kloster dort?
Jetzt schreibt sie mir und mahnt mich, zu bereuen.
Bereuen? – Scheiße! – Was bedeutet das?
Ich fürchte, sie hat meine List durchschaut,
die Lodowickens und Mathias Tod war.
Wenn ja, dann ist es Zeit, etwas zu tun,
denn sie, die sich von meinem Glauben losmacht,
läßt mich vermuten, daß sie mich nicht liebt,
oder zwar liebt, doch haßt, was ich getan hab.
Doch jemand kommt da? *(Ithamore kommt)*
Ithamore! Komm her!
Komm her, du Lieber, Leben deines Herren!
Mein treuer Diener, nein, mein zweites Ich!
Denn ich hab keine Hoffnung mehr als dich.
Auf dieser Hoffnung ruht mein ganzes Glück.
Wann sahst du Abigail?
Ithamore: Heute.
Barabas: Mit wem?

ITHAMORE: Mit einem Mönch.

BARABAS: Mit einem Mönch! Der falsche Schuft ist schuld dran.

ITHAMORE: Woran, Herr?

BARABAS: Daß mein Kind jetzt Nonne ist.

ITHAMORE: Schon wahr, denn sie hat mich nach ihm gesandt.

BARABAS: O, Unglückstag! O, falsche
Leichtgläubige, treulose Abigail!
Doch laß sie alle gehn! – Komm, Ithamore!
Nie soll sie kränken mich mit ihrer Schande,
nie soll sie leben, um mich zu beerben,
nie meinen Segen haben, nie mir nahen,
nein, sterben unter meinem bittern Fluch! –
So fluchte Adam Kain, dem Mörder Abels.

ITHAMORE: O, Herr!

BARABAS: Bitt nicht für sie, denn ich bin aufgebracht,
und sie ist mir verhaßt in tiefster Seele.
Und wenn du nicht das tust, was ich dich bitte,
dann denk ich, daß auch du mein Leben haßt.

ITHAMORE: Wer? Ich, Herr? Ich lauf Euch auf eine Klippe
und stürze mich kopfüber in die See.
Nichts, Herr, was ich nicht tät um Euretwillen!

BARABAS: O, treuer Ithamore! Nicht Diener: Freund!
Ich mach dich hier zu meinem einzigen Erben:
All meine Habe ist dein, wenn ich tot bin,
die Hälfte jetzt schon; gib sie aus wie ich.
Hier, meine Schlüssel! Gleich sollst du sie haben.
Geh, kauf dir Kleider. Nein, dir soll nichts fehlen.
Nur höre noch zuerst, was du zu tun hast. –
Und hol mir erst auch noch den Topf mit Reis,
der uns zum Abendessen auf dem Herd steht.

ITHAMORE: *(beiseite)* Ich wette meinen Kopf, mein Herr hat Hunger. –
Ich geh schon, Herr. *(geht ab)*

BARABAS: So läuft ein jeder Schuft dem Reichtum nach. –
Und wird doch nie so reich, wie er jetzt hofft!
Doch still!

Ithamore kommt mit dem Topf.

ITHAMORE: Hier, wohl bekomms Euch, Herr!

BARABAS: Brav, Ithamore.
Was, brachtest du mir auch den langen Löffel?

ITHAMORE: Ja, Herr. Man sagt: »Wer mit dem Teufel ißt, braucht einen langen Löffel.« Also hab ich Euch gleich den langen Rührlöffel mitgebracht.

BARABAS: Schön, Ithamore. Jetzt aber sei verschwiegen.
Und dir zuliebe, der mir teuer ist,
sollst du Abigails Tod jetzt mit mir ansehn,
damit du ohne sie mein Erbe sein kannst.

ITHAMORE: Wie, Herr? Wollt Ihr sie mit einem Topf Reissuppe vergiften? Die erhält sie nur am Leben und macht sie dick und rund und päppelt sie mehr auf, als Ihr glauben würdet.

BARABAS: Ja. Aber schau, Ithamore: Siehst du das da?
Ein teures Pulver, das ich einmal kaufte
bei einem Italiener in Ancona.
Und seine Wirkung ist, daß es verstopft
und ansteckt, tief vergiftet, aber erst,
wenn vierzig Stunden um sind, seit mans nahm.

ITHAMORE: Ja, Herr?

BARABAS: Nun Ithamore, am heutigen Abend,
St. Jakobs-Abend heißt er hier in Malta,
schickt man Almosen in die Nonnenklöster.
Du trag das hin und stell es zu dem andern.
Dort ist ein dunkler Eingang, wo sies nehmen,
sie dürfen nicht den Überbringer sehen,
noch Fragen stellen, wer die Spender sind.

ITHAMORE: Warum nicht?

BARABAS: Vermutlich ist das so ein alter Brauch.

Dort, Ithamore, mußt du den Topf hinstellen.
Wart, laß mich ihn erst würzen.

ITHAMORE: Bitt Euch, tut das, und laßt mich Euch helfen, Herr. Bitt Euch, laßt mich erst noch kosten.

BARABAS: Wie du willst. Was sagst du nun?

ITHAMORE: Wirklich, Herr, mir tuts leid, daß so ein Topf Suppe verdorben werden soll.

BARABAS: Still, Ithamore. So besser als gespart!
Suppe bekommst du noch, soviel du willst.
Dein ist mein Beutel, Geldschrank, ja ich selbst.

ITHAMORE: Gut, Herr, ich gehe.

BARABAS: Wart; laß michs noch vermischen, Ithamore. –
Es soll ihr tödlich sein, so wie der Gifttrunk,
an dem der große Alexander starb;
ja, wirken solls bei ihr, wie Borgias Wein,
mit dem der Papst, sein Vater, umgebracht ward.
Das Blut der Hydra, das lernäische Gift,
der Saft der Bilse, des Cocytus Pesthauch
und alle Gifte aus dem Schlamm des Styx,
brecht aus den Flammen aus, und hier hinein speit
all euern Höllenschleim, sie zu vergiften,
die wie der Böse Feind den Vater stehnließ.

ITHAMORE: Was für einen Segen er ihm da mitgegeben hat! Ist jemals ein Topf Reissuppe so gewürzt worden? Was tu ich mit ihm?

BARABAS: Ach, liebster Ithamore! Geh, stell ihn hin,
und komm zurück, sobald du es getan hast,
denn ich hab dann noch mehr zu tun für dich.

ITHAMORE: Mit diesem Trank könnte man einen ganzen Stall voll flandrischer Mähren vergiften. Ich bring ihn zu den Nonnen, rasch, wie mit Pulver aus der Kanone geschossen.

BARABAS: Und die Pferdepest sei mit dir! Nur fort!

ITHAMORE: Ich gehe schon.
Und wenns vollbracht ist, zahlt mir meinen Lohn. *(geht ab)*

BARABAS: Den zahl ich dir mit Zinsen, Ithamore.
(gleichfalls ab)

5. Szene

Ferneze, Martin del Bosco, mehrere Ritter und Callapine treten auf.

FERNEZE: Willkommen, Pascha, wie gehts Calymath?
Was für ein Wind bringt euch in Maltas Straße?

CALLAPINE: Der Wind, der auch die ganze Welt bewegt:
Die Sucht nach Gold.

FERNEZE: Gold sucht Ihr, großer Herr?
Gold ist zu finden ferne in Westindien.
Der Boden Maltas hat kein goldnes Erz.

CALLAPINE: Zu euch in Malta spricht Calymath dies:
Die Zeit, die er euch zugestand, ist um.
Was ihr verspracht, das müßt ihr jetzt erfüllen,
und ich bin hergeschickt um das Tributgeld.

FERNEZE: Pascha, Ihr kriegt von uns keinen Tribut,
noch solln die Heiden unsre Beute haben;
eher rissen wir selbst den Stadtwall nieder,
verwüsteten das Land und seine Tempel,
wir schifften unser Hab ein nach Sizilien
und öffneten dem wilden Meer die Dämme,
und seine ungehemmten Wogen spülten
dann alles weg und strömten drüber hin.

CALLAPINE: Gut, Gouverneur. Da Ihr das Bündnis bracht,
indem Ihr schuldigen Tribut verweigert,
sprecht nicht vom Niederreißen Eurer Mauern.
Die große Mühe könnt Ihr Euch ersparen,
denn Selim Calymath kommt selbst und wird
mit Erzkugeln die Türme euch zerschmettern.
Zur Wüste macht er dann dies stolze Malta,

um Eures untragbaren Unrechts willen.
Und so lebt wohl.

FERNEZE: Lebt wohl. *(Callapine ab)*
Und nun, ihr Männer Maltas, tut euch um,
macht euch bereit, Calymath zu empfangen,
Fallgitter nieder, ladet die Geschütze!
Um euretwillen nehmt die Waffen auf.
Standhaft schlagt sie zurück, um euretwillen.
Denn unsre Antwort hat den Bund zerbrochen,
und nichts steht uns bevor jetzt als der Krieg,
und nichts sei uns willkommner als der Krieg.
(alle ab)

6. Szene

Die Mönche Jacomo und Barnardine treten auf.

JACOMO: O Bruder, Bruder! Alle Nonnen krank!
Und nichts, was ihnen hilft. Sie müssen sterben.

BARNARDINE: Mich holte die Äbtissin, sie will beichten. –
Ach, das wird eine traurige Beichte sein!

JACOMO: Mich hat die schöne Maria holen lassen,
drum kam ich her. Sie liegt hier irgendwo.

Abigail tritt auf.

BARNARDINE: Was? Alle tot schon, außer Abigail?

ABIGAIL: Ich sterbe auch, ich fühl den Tod schon kommen.
Wo ist der Bruder, der sonst mit mir sprach?

BARNARDINE: Er ging hinüber, zu den andern Nonnen.

ABIGAIL: Ich hab nach ihm geschickt, doch da Ihr hier seid,
sollt Ihr mein Beichtiger sein. Und erstens wisset:
Ich lebte hier in diesem Hause fromm,
keusch, andachtsvoll, bereute meine Sünden,
doch eh ich kam . . .

BARNARDINE: Was war, bevor du kamst?

ABIGAIL: Da kränkte ich den Himmel so schwer, daß ich
ob meiner Sünden fast verzweifelt bin.
Und etwas quält mich mehr als alles andre.
Ihr kanntet Mathias und Don Lodowick?

BARNARDINE: Ja. Und was wars?

ABIGAIL: Mein Vater hatte mich verlobt, mit beiden.
Erst mit Don Lodowick, den liebt ich nie.
Mathias nur war der Mann, den ich liebte,
und seinetwillen wurde ich dann Nonne.

BARNARDINE: Doch sag, wie starben sie?

ABIGAIL: Sie neideten einander meine Liebe;
und meines Vaters List, die ich hier aufschrieb,
(gibt ihm ein Blatt)
trieb sie zum Zweikampf, daß sie beide starben.

BARNARDINE: Scheußlicher Schurkenstreich!

ABIGAIL: Ich beicht Euch dies um meines Friedens willen,
sagt es nicht weiter, denn sonst stirbt mein Vater.

BARNARDINE: Das Beichtgeheimnis darf man nicht verraten.
Das Kirchenrecht verbietets, und der Priester,
der es enthüllt, geht seiner Weihn verlustig
und wird verurteilt dann zum Scheiterhaufen.

ABIGAIL: Das hab auch ich gehört. Drum, bitte, schweiget.
Der Tod ergreift mein Herz. Ach, lieber Bruder,
bekehret meinen Vater! Rettet ihn!
Und Ihr bezeugt, daß ich als Christin starb. *(stirbt)*

BARNARDINE: Ja, und als Jungfrau. Das grämt mich am meisten.
Doch ich muß hin zum Juden und ihm »Mord« schrein.
Daß er mich richtig fürchten soll.

Jacomo kommt.

JACOMO: O Bruder!
Die Nonnen sind nun alle tot! Wir müssen
für ihr Begräbnis sorgen.

BARNARDINE: Hilf erst, mir die

Begraben, und dann geh mit mir und hilf mir,
dem Juden »Mord« schrein.

JACOMO: Warum? Was tat er?

BARNARDINE: Etwas, – ich müßte zittern, es zu sagen.

JACOMO: Was? Hat er denn ein Kind gekreuzigt?

BARNARDINE: Schlimmer:
Mir wurd es in der Beichte anvertraut. *(spricht weiter)*
Du weißt, der Tod steht drauf, es zu verraten.
Komm, gehn wir fort.
(beide ab)

4. AKT

1. Szene

Man hört Totenglocken. Barabas und Ithamore treten auf.

BARABAS: Keine Musik wie Christen-Totenglocken!
Schön klingen die jetzt, weil die Nonnen tot sind.
Sonst scheuern sie nur wie des Kesselflickers Blech.
Ich hatt schon Angst, das Gift hätt nichts gefruchtet,
vielleicht nur ihre Bäuche dick gemacht,
wies Jahr für Jahr passiert! – Doch da blieben sie leben.
Jetzt sind sie tot. Nicht eine mehr, die lebt!

ITHAMORE: Ein guter Streich, Herr. Aber glaubt Ihr, es wird nicht herauskommen?

BARABAS: Wie kann es, wenn wir zwei verschwiegen sind?

ITHAMORE: Was mich betrifft, habt keine Angst.

BARABAS: Hätt ich sie, schnitte ich dir gleich den Hals ab.

ITHAMORE: Das wär nur klug.
Doch hats ein Mönchskloster hier nebenan. –
Herr, laßt mich doch die Mönche auch vergiften!
BARABAS: Das brauchst du nicht. Die sterben schon vor Gram,
weil ihre Nonnen tot sind.
ITHAMORE: Tuts Euch nicht leid, daß Eure Tochter tot ist?
BARABAS: Nein, mir tuts leid, daß sie so lange lebte:
Geborn als Jüdin und wollt Christin werden!
Cazzo! Diabolo! Des Teufels Schwanz!
Jacomo und Barnardine kommen.
ITHAMORE: Schaut, schaut, Herr! Da kommen zwei fromme Raupen!
BARABAS: Ich roch sie, eh sie kamen.
ITHAMORE: Eure Nase!
Gott segne sie! Doch kommt, wir wollen gehn.
BARNARDINE: Halt, böser Jud! Bereu, sag ich! Bleib da!
JACOMO: Du hast gesündigt, drum mußt du verdammt sein.
BARABAS: Ich fürcht, sie wissen, wo die Suppe herkam.
ITHAMORE: Das fürcht ich auch, Herr. Sprecht zu ihnen freundlich!
BARNARDINE: Du hast ...
JACOMO: Jawohl, du hast ...
BARABAS: 's ist wahr, ich habe Geld. Und wenn ichs habe?
BARNARDINE: Du bist ein ...
JACOMO: Ja, so ists, du bist ein ...
BARABAS: Ich bin ein Jud, ich weiß. Was soll das alles?
BARNARDINE: Deine Tochter ...
JACOMO: Ja! Deine Tochter ...
BARABAS: Sprecht nicht von ihr! Sonst sterbe ich vor Kummer.
BARNARDINE: Vergiß nicht ...
JACOMO: Ja, vergiß nicht ...
BARABAS: Ich muß wirklich zugeben, daß ich ein großer Wucherer war.
BARNARDINE: Du hast begangen –
BARABAS: Hurerei? – Aber das war in einem anderen Land,
und außerdem: das Weibsbild ist tot.

BARNARDINE: Ja, aber Barabas, denk an Mathias und Don Lodowick.

BARABAS: Warum, was ist mit ihnen?

BARNARDINE: Ich will nicht sagen, daß sie auf eine falsche Herausforderung hin miteinander kämpften.

BARABAS: *(leise)* Sie hat gestanden. – Mit uns zwein ists aus.
Ja, die durchschaun mich. Doch ich muß sie täuschen.
(wieder laut) O, heilige Patres, meiner Sünden Last
liegt schwer auf meiner Seele. Bitte, sagt mir,
ist es noch nicht zu spät, ein Christ zu werden?
Ich war ein Eiferer im jüdischen Glauben,
hart gegen Arme, habgierig, ein Unhold.
Für Geld hätt meine Seele ich verschachert.
Zinsen hab ich hundert Prozent genommen,
und nun halt ich an Reichtum den Vergleich aus
mit allen Juden Maltas. Doch was hilft mirs?
Ich bin ein Jude und daher verloren.
Hülfe mir Buße gegen meine Sünden,
ich könnt mirs leisten, mich zu Tod zu geißeln.

ITHAMORE: Ich könnt das auch. Doch Buße hilft da nichts.

BARABAS: Fasten und Beten, und im Büßerhemd
auf meinen Knien nach Jerusalem rutschen! –
Keller voll Wein und Silos voller Weizen,
und Speicher voll Gewürzen, teuren Drogen! –
Kisten voll Gold, in Barren und in Münzen,
und was die Perlen wiegen, weiß ich gar nicht.
Sie glänzen rund und hell in meinem Haus.
In Alexandrien unverkaufte Waren,
und gestern erst liefen zwei Schiffe aus
von hier, die bringen mir zehntausend Kronen.
London, Florenz, Venedig, Moskau, Antwerpen,
Sevilla, Frankfurt, Lübeck! Alle schulden
mir Geld, und in den meisten Städten liegen

auch große Summen für mich in den Banken.
Das alles will ich einem Kloster geben,
wenn ich getauft sein und drin wohnen darf.

JACOMO: O, guter Barabas, wählt unser Kloster!

BARNARDINE: Nein, guter Barabas, in unsres kommt!
Und, Barabas, Ihr wißt ...

BARABAS: *(zu ihm)* Ich weiß, daß ich sehr schwer gesündigt habe.
Ihr tauft mich und kriegt all mein Hab und Gut.

JACOMO: O Barabas, sein Orden ist zu streng!

BARABAS: *(leise)* Ich weiß; und du bist es, mit dem ich gehn will.

BARNARDINE: Die tragen gar kein Hemd und gehen barfuß.

BARABAS: *(leise zu ihm)* Dann sind die nichts für mich. Ich bin entschlossen, daß Ihr mich tauft und all mein Hab und Gut kriegt.

JACOMO: Guter Barabas, kommt zu mir!

BARABAS: Ihr seht, ich sagt ihm ab. Doch er bleibt da. –
Helft mir, ihn loswerden, und kommt mit mir.

JACOMO: *(leise zu Barabas)* Ich komm heut nacht zu Euch.

BARABAS: *(leise zu Jacomo)* Kommt in mein Haus um ein Uhr heute nacht.

JACOMO: Du hörst, was man dir sagt. So geh doch schon!

BARNARDINE: Nein, du! Du pack dich fort.

JACOMO: Nicht dir zuliebe!

BARNARDINE: Dich an die Luft!

JACOMO: Wie nennst du mich da, Schuft! *(sie werden handgemein)*

ITHAMORE: Herr, trennt sie, trennt sie!

BARABAS: Laßt, Brüder! Das ist Schwachheit! – Seids zufrieden:
Geht, Bruder Barnardine, mit Ithamore. *(leise zu Barnardine)*
Ihr kennt meinen Entschluß. Laßt mich allein mit ihm.

JACOMO: Was geht er in dein Haus? Er soll doch fortgehn!

BARABAS: *(leise zu Jacomo)* Ich geb ihm was, um ihm den Mund zu stopfen. *(Ithamore und Barnardine ab)*
Ich hab noch keinen Menschen außer ihm
den Jakobsorden so verleumden hören ...

Doch denkst du, daß ich seinen Worten glaube?
Ach, Bruder, du hast Abigail bekehrt,
schon ihr zulieb muß ich dir das vergelten!
Das will ich auch. Drum komm bestimmt, Jacomo!

JACOMO: Aber, Barabas, wer sollen Eure Taufpaten sein?
Denn Ihr sollt dann gleich Absolution erhalten ...

BARABAS: Ach, der Türke soll einer meiner Taufpaten sein.
Aber kein Wort davon zu einem eures Klosters!

JACOMO: Vertrau mir, Barabas! *(ab)*

BARABAS: Nun ist die Furcht vorbei, und ich bin sicher. –
Ihr Beichtvater ist jetzt in meinem Haus.
Bring ich ihn um, bevor Jacomo kommt? –
Mein Anschlag auf der beiden Leben ist
so fein, wies nie Jud oder Christ erdachte.
Der nahm mir meine Tochter: dafür stirbt er.
Der andre weiß, was mich ums Leben brächte,
drum ist es gar nicht passend, daß er lebt.
Sind sie nicht wirklich klug, die zwei, zu glauben,
ich laß ihnen mein Haus und Hab und Gut,
bloß, mich zu geißeln und zu fasten?! – Nein.
Nun, Bruder Barnardine, komm ich zu dir,
bewirt dich, geb dir Bett und gute Worte –
und dann will ich – mit meinem treuen Türken ...
Kein Wort mehr: Doch so solls und wirds geschehen.
Ithamore, sag mir, schläft der Klosterbruder?

ITHAMORE: Ja. Doch ich weiß nicht, was sein Grund dafür ist:
Was ich auch tat, er wollte sich nicht ausziehn,
auch nicht zu Bett gehn, schläft in seinen Kleidern,
ich fürchte, er vermutet, was wir wollen.

BARABAS: Nein, das ist dieser Brüder Ordensregel.
Doch wenn er etwas ahnte, könnt er fliehen?

ITHAMORE: Nein. Keiner hört ihn, wenn er noch so laut schrei

BARABAS: Stimmt. Darum hieß ich dich, ihn dorthin bringen.
Die andern Zimmer gehen auf die Straße.

ITHAMORE: Ihr zögert, Herr. Was schieben wirs noch auf?
Ich will schon sehn, wie seine Füße zappeln!
BARABAS: Komm, Kerl! – Nimm deinen Gürtel, mach daraus
jetzt eine schöne Schlinge. – Mönch! Wach auf!
BARNARDINE: *(den man zuerst schlafen sieht, als der Vorhang weggezogen wird)* Was? Wollt ihr mich erdrosseln?
ITHAMORE: Ja, weil du ein Beichtiger bist.
BARABAS: Gib die Schuld nicht uns, sondern dem Sprichwort: »Beichte
und laß dich aufhängen!« *(zu Ithamore)* Zieh fest!
BARNARDINE: Was? Ihr wollt mir das Leben nehmen?
BARABAS: Zieh fest, hörst du! – Du wolltest mir mein Hab und Gut nehmen.
ITHAMORE: Ja. Unser Leben auch! Drum ziehn wir beide.
Barnardine stirbt
's ist schön gelungen, Herr: Man sieht kein Zeichen.
BARABAS: Dann ists, wies sich gehört. Jetzt trag ihn fort.
ITHAMORE: Nein, Herr. Laßt mich ein wenig machen. So. Laßt ihn so,
auf seinen Stock gestützt. Ausgezeichnet! Er steht da, als ob er um Speck bettelte.
BARABAS: Wer dächte nicht, daß dieser Mönch noch lebt?
Wie spät ists jetzt, mein lieber Ithamore?
ITHAMORE: Fast ein Uhr nachts.
BARABAS: Jacomo wird bald da sein.
Barabas ab. Ithamore versteckt sich. Jacomo tritt auf.
JACOMO: Das ist die Stunde, in der ich kommen soll.
O Glücksstunde, in der ich nun bekehre
den Ungläubigen und sein Gold einbringe
in unsre Schatzkammer. – Doch, still, ist das nicht
der Bruder Barnardine? – Ja, das ist er!
Er weiß, ich sollte kommen, und da steht er
absichtlich mir im Weg. Der will mir übel,
er will den Weg zum Juden mir verstellen.

Barnardine!
Willst du nicht reden? Du denkst, ich seh dich nicht.
Mir aus dem Weg, sag ich! Laß mich vorüber.
Nein? Willst du nicht? Dann mach ich mir den Weg frei.
Sieh her, mein Stab ist schon bereit dazu.
Wenn du das magst, dann halt mich nochmals auf!

Er führt einen Streich. Barnardine fällt. Barabas tritt auf.

BARABAS: Was gibts? Jacomo!? Was hast du getan?

JACOMO: Was? Ihn geschlagen, der mich schlagen wollte.

BARABAS: Wen? Barnardine! – O Unglück! Er ist tot!

ITHAMORE: Ja, Herr. Erschlagen. Seht, wie ihm das Hirn aus der Nase tropft.

JACOMO: Gute Herren!
Ich habs getan, doch das wißt nur ihr zwei.
Ich könnt entfliehn.

BARABAS: Damit mein Diener und ich mit Euch gehangen werden?

ITHAMORE: Nein, Herr. Wir wollen ihn zum Richter bringen.

JACOMO: Guter Barabas, laßt mich gehen!

BARABAS: Nein, mit Verlaub. Das Recht nehm seinen Lauf.
Ich bin gezwungen, Zeugnis abzulegen,
daß Barnardine hier mich zur Taufe drängte,
bis ich die Tür ihm wies. Da saß er draußen.
Nun, ich, um Wort zu halten und mein Hab
und Gut zu geben Eurem Kloster, hatte
mich früh schon aufgemacht und wollte gehn
in Euer Kloster, denn Ihr kamt noch nicht.

ITHAMORE: Pfui über sie, Herr! Wollt Ihr ein Christ werden, wenn fromme Klosterbrüder zu Teufeln werden und einer den andern ermorden?

BARABAS: Nein.
Nach diesem Beispiel bleibe ich ein Jude.
Gott helf mir! Klosterbrüder werden Mörder?
Wann sah man einen Juden sowas tun?

ITHAMORE: Ach, nicht einmal ein Türk hätt mehr tun können!
BARABAS: Nun, morgen ist Gerichtstag. Ihr müßt hin.
Komm, Ithamore, hilf mir, ihn hinzuschaffen.
JACOMO: Ich bin geheiligt. Schurken! Greift mich nicht!
BARABAS: Dich greift das Recht. Wir führen dich nur hin.
Ganz traurig macht dein Unglück meinen Sinn!
Auch seinen Stock nimm mit. Zeig ihn beizeiten,
denn das Gericht braucht alle Einzelheiten.

2. Szene

Bellamira und Pilia-Borza treten auf.

BELLAMIRA: Pilia-Borza, warst du bei Ithamore?

PILIA-BORZA: Ja.

BELLAMIRA: Und hast du ihm meinen Brief gegeben?

PILIA-BORZA: Ja.

BELLAMIRA: Und was glaubst du, kommt er?

PILIA-BORZA: Ich glaube, ja; aber genau weiß ichs nicht, denn als er den Brief las, sah er aus wie einer aus einer anderen Welt.

BELLAMIRA: Wieso?

PILIA-BORZA: Daß so ein elender Sklave wie er von einem so ansehnlichen Mann wie mir gegrüßt wird und von einer so schönen Dame wie dir.

BELLAMIRA: Und was hat er gesagt?

PILIA-BORZA: Nicht ein vernünftiges Wort. Nur zugenickt hat er mir, wie einer, der sagen will: »Wirklich wahr«? Und so verließ ich ihn, ganz außer sich über den kritischen Ausdruck meines drohenden Gesichtes.

BELLAMIRA: Und wo trafst du ihn?

PILIA-BORZA: Auf meinem eigenen Grund und Boden, keine vierzig Fuß weit vom Galgen. Er lernte wohl gerade seinen Halsvers auswendig, denn er sah zu, wie ein Mönch hingerichtet wurde, den ich schnurstracks mit dem alten Hanfsprüchlein begrüßte: hodie tibi, cras mihi (heute dich, morgen mich). Dann überließ ich den Mönch der Gnade des Henkers. Aber das ist vorbei; – da kommt er schon.

Ithamore tritt auf.

ITHAMORE: Nie noch hab ich einen so geduldig sterben sehen wie diesen Mönch. Er war schon bereit, herunterzuspringen, noch eh der Strick um seinen Hals war. Und als der Henker ihm die hanfene Stola umgelegt hatte, da verrichtete er sein Gebet so eilig, als hätte er noch eine zweite Pfarre zu besorgen. Nun, gut: soll er gehen, wohin er will, mir eilt es nicht, ihm nachzufolgen. Und da fällt mir ein: als ich zur Hinrichtung ging, da kam ein Kerl mit einem Schnurrbart wie zwei Rabenflügel und mit einem Dolch mit einer Scheide so groß wie eine Wärmpfanne, und der gab mir einen Brief von einer Madam Bellamira und grüßte mich, als wollte er mit seinen Lippen meine Stiefel putzen. Kurz, ich soll sie in ihrem Haus besuchen. Ich frage mich, warum? Vielleicht sieht sie mehr in mir, als ich in mir selber sehe, denn sie schreibt, sie liebt mich, seit sie mich zuerst erblickte. Nun, wer wollte so eine Liebe nicht erwidern? Da ist ihr Haus, und da kommt sie, und jetzt wollt ich, ich wäre fort; ich bin nicht wert, sie nur anzusehen.

PILIA-BORZA: Das ist der Herr, dem Ihr geschrieben habt.

ITHAMORE: *(leise)* »Herr?« – Er verspottet mich. Was ist schon Herr an einem armen Fünf-Groschen-Türken? Ich will gehen.

BELLAMIRA: Hat dieser Jüngling nicht ein süßes Gesicht, Pilia?

ITHAMORE: Schon wieder »süßer Jüngling«! – Waren es nicht Sie, mein Herr, der dem süßen Jüngling einen Brief brachte?

PILIA-BORZA: Ja, Herr. Von dieser Dame da, die, wie ich und die übrige Familie, Euch zu Diensten steht – oder fällt.

BELLAMIRA: Zwar sollte weibliche Scheu zurück mich halten, doch kann ichs länger nicht; willkommen, süßer Liebster!

ITHAMORE: Nun weiß ich – rein oder unrein – nicht mehr, wo ich geh und steh.

BELLAMIRA: Wohin so schnell?

ITHAMORE: Ich geh meinem Herren Geld stehlen, mich schön zu machen. *(laut)* Verzeiht, ich muß gehen, ein Schiff ausladen lassen.

BELLAMIRA: Kannst du so lieblos sein, mich so zu lassen?

PILIA-BORZA: Und habt doch, Herr, gehört, wie sie Euch liebt!

ITHAMORE: Nein, danach frag ich gar nicht, wie sehr sie mich liebt. – Süße Bellamira, um deinetwillen wollt ich, ich hätte meines Herren Reichtum.

PILIA-BORZA: Den könnt Ihr haben, Herr, wenns Euch gefällt.

ITHAMORE: Wenn er über der Erde wäre, dann könnt und wollt ich ihn haben. Aber er versteckt und vergräbt ihn wie ein Rebhuhn seine Eier, unter der Erde.

PILIA-BORZA: Und ists nicht möglich, ihn herauszufinden?

ITHAMORE: Nein, ganz unmöglich.

BELLAMIRA: *(leise zu Pilia-Borza)* Was tun wir dann mit diesem elenden Sklaven?

PILIA-BORZA: *(leise zu ihr)* Laß mich nur machen. Du sprich lieb zu ihm. *(laut)* Kennt Ihr denn nicht Geheimnisse des Juden, die ihn verderben, wenn man sie verrät?

ITHAMORE: Ja, gewiß! Zum Beispiel ... Kommt, kommt, nichts weiter! Ich krieg ihn dazu, mir seinen halben Reichtum zu schicken, und er soll noch froh sein, so gut wegzukommen. Tinte und Feder! Ich schreib ihm. Wir werden im Nu sein Geld haben.

PILIA-BORZA: Verlangt nicht weniger als hundert Kronen!

ITHAMORE: Zehnhunderttausend! *(schreibt)* Mein Herr Barabas! ...

PILIA-BORZA: Schreibt nicht so unterwürfig, sondern droht ihm!

ITHAMORE: Kerl, Barabas! – Schick mir einhundert Kronen!

PILIA-BORZA: Verlangt wenigstens zweihundert!

ITHAMORE: »Ich trage dir auf, dem Überbringer, der sich durch diesen Brief ausweist, dreihundert Kronen zu geben.

Tut ihrs nicht, so ists auch gut.«

PILIA-BORZA: Sagt ihm, sonst werdet Ihr gestehen.

ITHAMORE: »Denn dann gesteh ich alles.« – Nun fort mit dir, und komm dann gleich zurück.

PILIA-BORZA: Laßt mich nur machen. – Ich tus nach Gebühr.

ITHAMORE: Hängen soll er, der Jud!

BELLAMIRA: Lieg, edler Ithamore, in meinem Schoß nun!
He, meine Zofen! – Leckerbissen her! –
Den Kaufmann holt, daß er mir Seide bringt:
Soll Ithamore, mein Lieb, in solchen Lumpen gehen?

ITHAMORE: Sagt auch dem Juwelier, er soll gleich kommen.

BELLAMIRA: Ich hab grad keinen Mann, Schatz: Ich nehm dich.

ITHAMORE: Gut. – Doch wir lassen diese lumpige Insel!
Zu Schiff nach Griechenland! – Wie schön wird dies:
Ich bin dein Jason, du mein Goldenes Vlies!
Wo Blumenteppiche auf Wiesen glänzen
und Bacchus' Weinberge die Welt umgrenzen.
Wo lieblich grünt jeder Wald und Hain:
Ich werd Adonis, du wirst Venus sein!
Obstgärten, Primelaun und Wiesenflor
stehn nicht voll Binsen, nein, voll Zuckerrohr. –
Pluto im Himmel, deinen Segen gib:
Dort lebe du mit mir und sei mein Lieb.

BELLAMIRA: Wohin ging ich nicht mit dem edlen Ithamore?!

Pilia-Borza kommt zurück.

ITHAMORE: Was ist, hast du das Geld?

PILIA-BORZA: Ja.

ITHAMORE: Aber kam es leicht? Hat sich die Kuh ihre Milch leicht abmelken lassen?

PILIA-BORZA: Als er den Brief las, da starrte er vor sich hin, stampfte mit dem Fuß auf und drehte sich weg. Ich nahm ihn beim Bart, sah ihm ins Gesicht, so. – Ich sagte ihm, es wäre das beste für ihn, es zu schicken. Da hat er mich liebkost und umarmt.

ITHAMORE: Aus Angst mehr als aus Liebe.

PILIA-BORZA: Dann lachte er und spottete nach Judenart, sagte, er liebe mich um Euretwillen, und erzählte, was Ihr für ein treuer Diener gewesen seid.

ITHAMORE: Desto mehr Schuft er, mich so herumlaufen zu lassen. *(zeigt auf sein Gewand)* Schöne Kleider sind das, was?

PILIA-BORZA: Am Ende gab er mir zehn Kronen.

ITHAMORE: Nur zehn? – Ich will ihm keinen roten Heller lassen! – Reich mir Papier, ich mach dich reich an Gold dafür!

PILIA-BORZA: Schreibt, Ihr wollt fünfhundert Kronen.

ITHAMORE: »Kerl, Jude! Wenn Euch Euer Leben lieb ist, schickt mir fünfhundert Kronen, und gebt dem Überbringer hundert!« Sagt ihm, ich muß sie haben.

PILIA-BORZA: Ich bürg dafür, Euer Ehren solln sie haben.

ITHAMORE: Und wenn er fragt, warum ich so viel haben will, sagt ihm, ich verschmähe es, eine Zeile für weniger als hundert Kronen zu schreiben.

PILIA-BORZA: Ihr wärt ein reicher Dichter, Herr! Ich geh schon. *(ab)*

ITHAMORE: *(zu Bellamira)* Nimm du das Geld und gib es für mich aus.

BELLAMIRA: Bei mir zählt nicht dein Geld, nur du! Schau, das ists,
was Bellamira hält von Geld. *(wirft es zur Seite)*
Doch du! *(küßt ihn)*

ITHAMORE: Den Kuß nochmals! O, wie sie Triller schlägt auf
meinem Mund. Und wie ihr Aug mich ansieht:
Es funkelt wie ein Stern.

BELLAMIRA: Komm, Schatz, hinein. Laß uns beisammen schlafen!

ITHAMORE: O, daß zehntausend Nächte eine wären,
daß wir sieben Jahr beisammen schlafen könnten,
eh wir erwachten!

BELLAMIRA: Komm, du Verliebter! – Essen erst, dann
schlafen. *(beide ab)*

3. Szene

Barabas tritt auf, er liest einen Brief.

»Barabas! – Schick mir gleich dreihundert Kronen«.
Ganz einfach »Barabas!« – Die schlechte Dirne!
Frühr hat er nie mich Barabas genannt ...
»Denn sonst gesteh ich«. – Ja, so gehts nun eben.
Doch krieg ich ihn, dann schneid ich ihm den Hals ab! –
Schickt einen lumpig-ruppigen, glotzenden Sklaven,
der, wenn er redet, seinen grauslichen Bart packt
und ihn sich zwei, drei Mal ums Ohr dreht; einen,
dessen Gesicht ein Schleifstein war für Schwerter,
auch an den Händen fehln ihm ein paar Finger ...
Grunzt wie ein Schwein beim Sprechen und sieht aus
wie ein Betrüger und ein Beutelschneider,
ja, wie ein Ehemann von hundert Huren. –
Und dem muß ich dreihundert Kronen geben!
Ich hoff nur, Ithamore bleibt nicht lang dort.
Und wenn er herkommt; – Wär er nur schon da!

Pilia-Borza tritt auf.

PILIA-BORZA: He, Jud! Ich brauch mehr Geld.
BARABAS: Warum, wars dir nicht richtig abgezählt?
PILIA-BORZA: Doch. – Aber dreihundert sind ihm zu wenig.
BARABAS: Zu wenig, Herr? Für ihn?
PILIA-BORZA: Ja, Herr. Drum brauch ich weitere fünfhundert.
BARABAS: Da wollt ich lieber ...
PILIA-BORZA: Laßt gut sein, Herr. Schickt ihm lieber das Geld. Seht:
Da ist sein Brief.
BARABAS: Kann er nicht gerade so gut herkommen, als Euch schicken?
Bitte, sagt ihm, er soll kommen und es holen. Was er für Euch bestimmt hat, das sollt Ihr gleich haben.
PILIA-BORZA: Ja, aber das übrige auch, denn sonst ...!

Barabas: *(leise)* Ich muß diesen Schurken beiseite schaffen.
(laut) wollt Ihr nicht mit mir speisen, lieber Herr, *(leise)*
und von ganzem Herzen vergiftet werden?
Pilia-Borza: Nein. – Gottes Gnad! Krieg ich jetzt diese Kronen?!
Barabas: Ich kann nicht. Weiß nicht, wo mein Schlüssel ist.
Pilia-Borza: Ists weiter nichts? – Ich dreh Euch jedes Schloß auf.
Barabas: Oder Ihr klettert hinauf durch mein Kontorfenster?
Ihr wißt schon, was ich meine.
Pilia-Borza: Ich weiß genug, drum redet mir nicht von Eurem Kontor: Das
Gold! Sonst, daß dus nur weißt, Jude, es steht in meiner
Macht, daß man dich hängt.
Barabas: *(leise)* Ich bin verraten. *(zu Pilia-Borza)*
Mir geht es nicht um die fünfhundert Kronen.
Das rührt mich nicht. Mich macht nur eines zornig:
Daß er, der weiß, ich lieb ihn wie mich selbst,
mir schreibt in dem Befehlston! – Ach, mein Herr,
Ihr wißt, ich hab kein Kind. Wem also sonst
als Ithamore, sollt ich einst alles lassen?
Pilia-Borza: Viel Worte, keine Kronen! – Gebt die Kronen!
Barabas: Wollt ihr mich ihm empfehlen, Herr, ergebenst,
und unbekannterweise Eurer Gattin.
Pilia-Borza: Krieg ich die Kronen, Herr?!
Barabas: Hier sind sie, Herr. *(leise)*
Daß ich mich trennen muß von so viel Gold! *(laut)*
Da, nimm sie, Mann! Mit meinen besten Wünschen ...
(leise) Daß ich dich hängen seh!
(laut) Mich macht die Liebe stumm.
Nie liebte ein Herr seinen Diener, wie ich den Ithamore.
Pilia-Borza: Das weiß ich, Herr.
Barabas: Sagt, Herr, wann seh ich Euch in meinem Haus?
Pilia-Borza: Bald, bald ... Auf Eure Kosten, Herr. – Lebt wohl. *(ab)*

Barabas: Nein, Schuft: Auf deine Kosten, wenn du kommst.
Ist je ein Jud geplagt worden wie ich?
Daß so ein lumpiger Schurke kommt und holt
dreihundert Kronen, dann fünfhundert Kronen!
Nun, ich muß sehn, wie ich sie alle los werd.
Und schleunigst, denn in seiner Schurkerei
plaudert er alles aus; dann muß ich sterben.
Ich habs: Ich geh verkleidet hin zu ihnen
und sehe, was der Schuft mit meinem Gold treibt. *(ab)*

4. Szene

Bellamira, Ithamore, später Pilia-Borza.

Bellamira: Ich trink auf dich, mein Liebster, drum trink aus.

Ithamore: Sagst du das mir? Stoß an! Und, Liebste, hörst du? *(flüstert ihr zu)*

Bellamira: Nur zu. So soll es sein!

Ithamore: Und darauf leer ich nun mein Glas! – Dein Wohl!

Bellamira: Nein, ich will alles haben oder nichts.

Ithamore: Da, liebst du mich, so läßt du keinen Tropfen!

Bellamira: Ob ich dich liebe? Füll mir gleich drei Gläser!

Ithamore: Drei – und noch fünfzig Dutzend auf dein Wohl!

Pilia-Borza: Gesprochen wie ein Kerl zur rechten Nachtzeit!

Ithamore: Hei, Rivo Castiliano! Mann ist Mann!

Bellamira: Nun auf den Juden!

Ithamore: Ha! Prosit, Jud, daß du mir noch mehr Geld schickst!

Pilia-Borza: Und wenn er keins mehr schickt, was tust du dann?

Ithamore: Tun? Nichts. Aber ich weiß, was ich weiß: Er ist ein Mörder.

Bellamira: Ich glaubte gar nicht, daß er so viel Mut hat.

ITHAMORE: Ihr kanntet doch Mathias und den Sohn
des Gouverneurs. Die töteten wir beide,
doch rührten sie nicht an.

PILIA-BORZA: Da wart ihr tüchtig!

ITHAMORE: Ich trug die Reissuppe hin, die die Nonnen vergiftete; und er und ich, jeder mit einer Hand am Riemen, den wir zuzogen, erwürgten einen Mönch.

BELLAMIRA: Ihr zwei allein?

ITHAMORE: Wir zwei. Und keiner weiß davon. Und keiner erfährts von mir.

PILIA-BORZA: *(leise zu Bellamira)* Von mir der Gouverneur.

BELLAMIRA: Der solls erfahren. – Doch zuerst mehr Gold! *(laut)* Komm, liebster Ithamore, in meinen Schoß!

ITHAMORE: Lieb mich, ob kurz, ob lang! – Sorgt, daß Musik erschalle,
da ich in deinen süßen Schoß nun falle.

Barabas, verkleidet, tritt mit einer Laute auf.

BELLAMIRA: Ein Musikant aus Frankreich! Komm, laß hören!

BARABAS: Ick muß erst meinen Laute, kling, klang, stimmen.

ITHAMORE: Willst trinken, Franzose? – Da, auf dein ... Die Syphilis hole doch diesen besoffenen Schluckauf!

BARABAS: Gramercy, Monsieur!

BELLAMIRA: O, bitte, Pilia-Borza, sag doch dem Musikanten, er soll mir das Blumensträußchen geben, das er auf seinem Hut hat.

PILIA-BORZA: Kerl, du mußt meiner Herrin deinen Blumenstrauß geben.

BARABAS: A votre commandement, Madame.

BELLAMIRA: Wie süß, mein Ithamore, die Blumen duften!

ITHAMORE: Gleich deinem Atem, Lieb: Kein Veilchen riecht so süß.

PILIA-BORZA: Pfui! Mir stinken sie ärger noch als Malven.

BARABAS: *(beiseite)* So, jetzt bin ich gerächt an ihnen allen:
Dran riechen war der Tod. Ich habs vergiftet.

ITHAMORE: Spiel auf, sonst schneid ich dir deine Katzendärme zu Kaldaunen!

BARABAS: Pardona moa, ick ab nock nit gestimmt. Jetzt sein all gut.

ITHAMORE: Gebt ihm ne Krone, und mir schenkt wieder Wein ein.

PILIA-BORZA: Da hast du zwei Kronen, und nun spiel auf!

BARABAS: *(leise)* Wie freigebig! Der Schuft schenkt mir mein Gold.

PILIA-BORZA: Ich denk, er ist schön flink mit seinen Fingern.

BARABAS: *(leise)* Wie ihr, als ihr mein Gold stahlt!

PILIA-BORZA: Wie schnell er ist!

BARABAS: *(leise)* Ihr wart noch schneller, als ihr mein Geld zum Fenster hinauswarft.

BELLAMIRA: Sag, Musikant, bist du schon lang in Malta?

BARABAS: Szwei, drei, vier Mond, Madame.

ITHAMORE: Kennst du nicht einen Juden, Barabas?

BARABAS: Rekt gut, Monsieur. Ihr seid dock nit sein Knecht?

PILIA-BORZA: Sein Knecht!

ITHAMORE: Ich spei auf diesen Lümmel! – Sagt ihm das.

BARABAS: *(leise)* Er weiß das schon.

ITHAMORE: Es ist seltsam mit diesem Juden: Er lebt von eingepökelten Heuschrecken und Pilzen in einer Brühe.

BARABAS: *(leise)* Was für ein Sklave! Der Gouverneur ißt nicht so gut wie ich!

ITHAMORE: Er hat noch nie ein reines Hemd angezogen, seit er beschnitten wurde.

BARABAS: *(leise)* O, Schuft! Ich zieh mich zweimal täglich um!

ITHAMORE: Den Hut, den er trägt, hat Judas unterm Holunderbaum liegen lassen, als er sich erhängte.

BARABAS: *(leise)* Der große Khan sandt ihn mir zum Geschenk

PILIA-BORZA: Ein Knecht und Mastschwein ist er! – Wohin willst du, Fiedler?

BARABAS: Pardona moy, Monsieur. Ick sein niet wohl.
Barabas ab.
PILIA-BORZA: Fiedler, leb wohl! – Noch ein Brief an den Juden!
BELLAMIRA: Bitte, mein Lieb: Noch einen! Schreib ihn scharf.
ITHAMORE: Nein, ich bestell ihm jetzt mündlich Nachricht. Heiß ihn dir tausend Kronen geben, so wahr die Nonnen gerne Reissuppe aßen, und so wahr der Bruder Barnardine in seinen Kleidern schlief. Das eine sowie das andere genügt.
PILIA-BORZA: Laßt mich nur machen, jetzt, da ich den Sinn kenn.
ITHAMORE: Der Sinn hat Sinn. – Komm, daß das Bett ich finde.
Juden verderben ist gute Tat, nicht Sünde. *(alle ab)*

5. AKT
1. Szene

Gouverneur Ferneze tritt auf, Ritter, Martin del Bosco und Beamte.

FERNEZE: Nun, edle Herren, greift zu Euren Waffen
und seht, daß Malta gut befestigt sei.
Uns allen ist Entschlossenheit geboten,
denn Calymath will nun nach langem Zögern
stürmen die Stadt, sonst stirbt er vor den Mauern.

RITTER: Dann stirbt er! Denn wir geben niemals auf.

Bellamira und Pilia-Borza kommen.

BELLAMIRA: Oh, bringt uns vor den Gouverneur!

FERNEZE: Fort mit ihr, sie ist eine Kurtisane!

BELLAMIRA: Was ich auch bin, Herr, hört mich trotzdem an.
Ich melde dir, wer deinen Sohn erschlug:
Mathias war es nicht. Es war der Jude.

PILIA-BORZA: Nicht nur die edlen Herrn hat er ermordet,
auch seine eigene Tochter und die Nonnen
vergiftet, einen Mönch erdrosselt, und
was weiß ich sonst noch ...

FERNEZE: Hätten wir Beweise? –

BELLAMIRA: Die besten, Herr. Sein Knecht, in meinem Haus
jetzt, der war sein Werkzeug und gesteht Euch alles.

FERNEZE: *(zu Beamten)* Holt ihn! *(Beamte ab)*
Stets fürchtete ich diesen Juden.

Beamte kommen, sie bringen Barabas und Ithamore.

BARABAS: Ich komm von selbst, ihr Hunde! Schleppt mich nicht so.

ITHAMORE: Mich auch nicht. Ich kann Euch nicht davonlaufen, Konstabler. – Oh, mein Bauch!

BARABAS: *(leise)* Ein Gran mehr von dem Pulver, und er schwiege. –

Was war ich doch so knauserig? Verdammt!
FERNEZE: Macht Feuer, holt die Folterbank, glüht Eisen!
1. RITTER: Nein, wartet, Herr! Vielleicht wird er gestehen.
BARABAS: Gestehn? Was meint ihr, Herrn? Wer soll gestehen?
FERNEZE: Ihr und der Türk! Ihr brachtet meinen Sohn um!
ITHAMORE: Schuldig, Herr. Ich gesteh: Euer Sohn und Mathias waren beide mit Abigail verlobt. Er hat eine Forderung zum Zweikampf gefälscht.
BARABAS: Wer hat die Forderung überbracht?
ITHAMORE: Ich hab sie überbracht, ich gesteh es. Aber wer hat sie geschrieben? Da, derselbe, der Barnardine erdrosselt hat, die Nonnen vergiftet hat, und seine eigene Tochter.
FERNEZE: Fort mit ihm! – Ihn zu sehn nur, ist mein Tod.
BARABAS: Warum? Ihr Männer Maltas, hört mich an:
Sie ist ne Kurtisane, er ein Dieb
und der mein Sklave. Laßt mir Recht geschehen.
Denn nichts von alledem verwirkt mein Leben.
FERNEZE: Noch einmal: Fort! Dein Recht soll dir geschehen!
BARABAS: *(zu den Belastungszeugen)* Tut euer Schlimmstes, Teufel! –
Trotz euch leb ich! Ihr falsches Wort komm über ihre Seelen!
(leise) Ich hoff, das Blumengift wird endlich wirken.
Beamte ab mit Barabas, Ithamore, Pilia-Borza und Bellamira. Katherine tritt auf.
KATHERINE: So war der Jud meines Mathias Mörder?
Wars nicht dein Sohn, Ferneze, der ihn totschlug?
FERNEZE: Geduld nun, edle Frau. Der Jude tat es.
Er fälschte ihre Forderung zum Zweikampf.
KATHERINE: Wo ist der Jude? Wo ist dieser Mörder?
FERNEZE: Im Kerker, bis ihn das Gesetz bestraft.
Beamter tritt ein.
BEAMTER: Herr, diese Dirne und ihr Kerl sind tot,
und auch der Türk; und Barabas, der Jude.

FERNEZE: Tot?
BEAMTER: Tot, hoher Herr. Da bringt man seinen Leichnam.
Beamte kommen und bringen auf einer Bahre Barabas.
DEL BOSCO: Daß er so plötzlich starb, ist doch sehr seltsam.
FERNEZE: Wundert Euch nicht: Der Himmel ist gerecht.
Ihr Tod war wie ihr Leben; denkt nicht dran.
Und da sie tot sind, soll man sie begraben.
Des Juden Leichnam werfet übern Wall,
zum Fraß den Geiern und den wilden Tieren. –
Nun fort, befestigen wir unsre Stadt!
alle ab außer Barabas
BARABAS: Was? Ganz allein? Ich danke dir, mein Schlaftrunk!
Jetzt räch ich mich an der verfluchten Stadt,
denn ich will Calymath hier Einlaß schaffen!
Ich helf erschlagen ihre Fraun und Kinder,
die Kirchen niederbrennen, Häuser schleifen!
Und nehmen sie auch all mein Hab und Gut,
den Gouverneur will ich als Sklaven sehen,
wie man zu Tod ihn peitscht auf der Galeere.
Calymath, Paschas und Türken treten auf.
CALYMATH: Wer ist das? Ein Spion?
BARABAS: Ja, Herr. Und einer,
der einen Ort Euch zeigen kann, an dem Ihr
hinein könnt, und die Stadt dann überrumpeln.
Ich heiße Barabas; ich bin ein Jude.
CALYMATH: Bist du der, dessen Habe man verkauft hat,
um den Tribut zu zahlen?
BARABAS: Herr, der bin ich.
Seither bestachen sie noch meinen Sklaven,
mich tausender Verbrechen zu verklagen.
Man nahm mich fest, doch ich entwischte ihnen.
CALYMATH: Brachst du aus ihrem Kerker aus?
BARABAS: Nein, nein. –
Ich trank kalten Alraunensaft mit Mohn,

und als ich schlief, hielten mich die für tot
und warfen mich über den Wall. Und so
steht nun der Jude hier zu Euren Diensten.

CALYMATH: Ein tapferer Streich. – Doch sag mir, Barabas,
kannst du uns Malta wirklich überliefern?

BARABAS: Herr, sorgt Euch nicht, denn hier, bei der Zisterne,
ist ausgehöhlt der Fels und angebohrt,
um einen Abfluß für das Gossenwasser
und die Kanäle dieser Stadt zu bilden.
Nun, wenn Ihr ruft zum Ansturm auf die Mauern,
führ ich durch den Kanal fünfhundert Krieger
und tauch mit ihnen mitten in der Stadt auf,
öffne die Tore euch, daß Ihr hereinkönnt,
und Euch gehört die Stadt.

CALYMATH: Sagt Ihr die Wahrheit,
so will ich Euch zum Gouverneur ernennen.

BARABAS: Und sag ich nicht die Wahrheit, laßt mich sterben.

CALYMATH: Ihr selbst bestimmt Eur Los. – Nun auf zum
Sturm! *(alle ab)*

2. Szene

Kriegslärm. Barabas kommt mit Calymath und Türken. Ferneze und einige Ritter sind Gefangene.

CALYMATH: Laßt euren Stolz, gefangne Christen! Kniet
um Gnade nun vor eurem Feind und Sieger.
Was hofft ihr noch vom allzu stolzen Spanien?
Ferneze, sprecht: Hättet Ihr nicht doch lieber
Wort halten solln, als nun so dazustehn?

FERNEZE: Was sag ich? Ein Gefangner muß sich beugen.

CALYMATH: Ja, Treulose! Und unterm türkischen Joch

sollt stöhnend unsres Zornes Last ihr tragen! –
Und, Barabas, so wie wirs Euch versprachen
und wie Ihr es verdient, seid Gouverneur nun.
Verfahrt mit ihnen, wie Ihr wollt.

BARABAS: Herr, Dank Euch!

FERNEZE: O Unglückstag, in so eines Verräters
und ungetauften Juden Hand zu fallen!
Welch größeres Unglück konnt der Himmel senden?

CALYMATH: So wollen wirs. Und, Barabas, wir geben
zu Eurem Schutz Euch unsre Janitscharen:
Geht gut mit ihnen um, wie wir mit Euch. –
Ihr tapfern Paschas, kommt mit mir zu sehen,
was wir zerstörten in der Stadt. – Lebt wohl nun,
Ihr tapfrer Jude, großer Barabas!
Calymath und Paschas ab.

BARABAS: Mag gutes Glück stets Calymath begleiten! –
Und nun, um gleich von Anfang an zu sichern:
Fort in den Kerker mit dem Gouverneur
und seinen Hauptleuten und Waffenbrüdern!

FERNEZE: Du Schuft! Der Himmel wird es an dir rächen.

BARABAS: Nun fort! Genug! Laßt ihn kein Wort mehr
sprechen. *(alle ab außer Barabas)*

BARABAS: Zu nicht geringem Rang, nicht kleiner Macht,
hast dus durch deine Schlauheit nun gebracht.
Ich bin nun Gouverneur von Malta. – Gut.
Doch Malta haßt mich, lechzt nach meinem Blut.
Was nützt dir, armer Barabas, dein Amt,
wenn dich ihr Haß alsbald zum Tod verdammt?
Nein, Barabas, das will betrachtet sein.
Und da du hochkamst dank der Hinterlist,
muß es auch List sein, die den Fall ermißt. –
Gibs wenigstens nicht ohne Nutzen auf,
denn wer in Amt und Würden lebt und weder
sich Freunde schafft, noch sich die Taschen füllt,

lebt wie der Esel, von dem Äsop spricht,
der eine schwere Ladung Brot und Wein schleppt
und sie vergißt und schnappt nach Distelköpfen.
Doch Barabas wird größern Weitblick haben:
Zur rechten Zeit, sonst flieht Gelegenheit,
und wenn du erst zuletzt zu viel erstrebst,
erreichst dus nicht mehr. – Drum: *(laut)* Herein mit ihm!

Wache tritt mit Ferneze ein

FERNEZE: Mein Herr?

BARABAS: Ja, »Herr«, so also lernen Sklaven. –
Nun, Gouverneur? *(zu den Wachen)* Ihr wartet draußen. Geht.
(Wache ab). Daß ich Euch holen ließ, hat diesen Grund:
Ihr seht, Euer Leben und das Glück von Malta
hängen ganz von mir ab. Barabas kann tun
mit beiden, was er will. – Nun, Gouverneur,
sagt mir, was wird aus Malta und aus Euch?

FERNEZE: Ich denke, Barabas, da Ihr die Macht habt,
erhoff ich nichts als Maltas Untergang.
Ihr bringt nur Grausamkeit und letzte Not.
Ich schmeichle nicht und fürcht nicht meinen Tod.

BARABAS: Seid freundlich, Gouverneur, und nicht so zornig.
Eur Leben kann mir gar nichts nützen. Dennoch:
Ihr lebt, und wenns nach mir geht, bleibt Ihr leben.
Und Maltas Untergang betreffend, denkt doch:
Wär Barabas kein kurzsichtiger Herrscher,
sich eines solchen Ortes zu berauben? –
Ihr sagtets selbst einst: Hier, auf dieser Insel,
in Malta, hab ich Hab und Gut erworben.
Auch neuerdings hatte ich hier Erfolg,
ja, bin gar euer Gouverneur geworden.
Drum sollt Ihr sehn, daß ich das nicht vergesse:
Als Freund im Unglück, der es redlich meint,
helf ich nun Malta, da es hilflos scheint.

FERNEZE: Will Barabas Malta vom Sturz aufrichten?

Will Barabas zu Christen gütig sein?

BARABAS: Was gebt Ihr, Gouverneur, mir, wenn ichs schaffe,
die Sklavenfesseln, drein der Türke euch
und euer Land geschlagen hat, zu lösen?
Was gebt Ihr mir, wenn ich Euch überliefre
das Leben Calymaths und seiner Leute
und seine Krieger sperre in ein Haus,
ins Vorwerk eines Klosters, und verbrenne?
Was gebt Ihr dem, der alles dies vollbringt?

FERNEZE: Wenn Ihr das wirklich tut, was Ihr da sagt,
und redlich seid mit uns, wie Ihr gesagt habt,
dann send ich Botschaft rundum zu den Bürgern
und Briefe, um Euch heimlich aufzutreiben
ganz große Summen, um Euch zu belohnen.
Ja: tut Ihr das, so bleibt Ihr Gouverneur.

BARABAS: Nun, geht ans Werk, Ferneze, und seid frei! –
Frei, Gouverneur! Ihr wohnet hier bei mir,
geht durch die Stadt, besuchet Eure Freunde,
schickt ihnen keine Briefe, nein, geht selbst,
und laßt mich sehen, wieviel Geld Ihr auftreibt.
Hier meine Hand drauf, daß ich Malta freimach.
Mein Plan ist dies: Zu einem großen Fest
lad ich den jungen Selim Calymath.
Auch Ihr seid dort und führt nur eine List aus,
die ich Euch sag und die Euch nicht Gefahr bringt,
doch Malta wird dadurch für immer frei.

FERNEZE: Hier meine Hand! Und glaubt mir, Barabas,
ich komm und tu genau, was Ihr verlangt.
Wann soll es sein?

BARABAS: Sehr bald schon, Gouverneur.
Denn ist sein Rundgang durch die Stadt vorbei,
will Selim Calymath fort in die Türkei.

FERNEZE: Dann kümmer ich mich gleich um dieses Geld
und bringe es Euch, Barabas, heut abend.

Barabas: Gut. Viel Erfolg! – Und nun lebt wohl, Ferneze.
(Ferneze ab) Bis jetzt läßt das Geschäft sich günstig an:
Zwar lieb ich keinen, doch ich leb mit beiden
und ziehe den Gewinn aus meiner Taktik. –
Und der, von dem mein größter Vorteil kommt,
der soll mein Freund sein.
So sind wir Juden ja gewohnt zu leben,
mit gutem Grund, denn Christen tuns nicht anders. –
Und nun, wie führ ichs aus? Erst überrumpeln
des großen Calymath Soldaten; dann
das Fest so planen, daß auf einen Schlag
alles getan sein kann, wie ich es mag.
Denn meine Taktik spottet jeden Zufalls. –
Ich kenn mein Ziel und will es still erstreben.
Die bürgen mir dafür mit ihrem Leben. *(ab)*

3. Szene

Calymath tritt mit Paschas auf.
Calymath: Wir sahn die Stadt, was ihr die Plündrung antat.
Für Neubau sorgten wir, wo unsre Mörser
und Basilisken sie in Trümmer schossen bei unsrem Einzug. –
Nun, ich seh, wie sicher
diese eroberte Insel sich erhebt,
umgeben von dem Mittelländschen Meer,
von andern, kleinren Inseln stark befestigt,
gegen Kalabrien und Sizilien hin,
wo Dionys in Syrakus einst thronte,
geschützt von Türmen, die die Stadt beherrschen,
frag ich mich, wie wir sie erobern konnten.
Bote tritt auf.

BOTE: Von Barabas, dem Gouverneur von Malta,
bring ich dem mächtigen Calymath diese Botschaft:
Er hört, sein Herr und Meister will zur See gehn
ins große ottomanische Türkenreich.
Drum lädt er Eure Majestät ergebenst
zu sich in die bescheidne Zitadelle
zu einem Schmaus zum Abschied von der Insel.
CALYMATH: Zu einem Schmaus in seiner Zitadelle?
Ich fürchte nur, ein Fest für mein Gefolge,
in einer Stadt, die grad geplündert wurde,
könnte zu teuer und beschwerlich sein.
Doch Barabas besuchen will ich gern,
denn Barabas hat das um uns verdient.
BOTE: Was Kosten angeht, sagt der Gouverneur,
er hat noch eine Perle, die so groß ist,
so kostbar und von solchem Glanz, daß sie
bei gar nicht hoher Schätzung soviel einbringt,
daß Selim Calymath und seine Krieger
man einen Monat lang bewirten könnte.
Drum bittet er ergebenst Eure Hoheit,
nicht abzureisen, eh er Euch bewirtet.
CALYMATH: Man kann mein Heer in Malta nicht bewirten,
außer, er stellt die Tische auf die Straßen!
BOTE: Es gibt ein Kloster, großer Calymath,
das als ein Vorwerk weit am Stadtrand steht;
dort will er sie bewirten, aber Euch
bei sich im Haus, mit Euren tapfern Paschas.
CALYMATH: Gut, sage deinem Gouverneur, wir kommen
an diesem Sommerabend heut zum Fest.
BOTE: Ich sag es, Herr. *(Bote ab)*
CALYMATH: Und nun zu unsren Zelten, kühne Paschas!
Schmückt euch zum Fest, legt ab des Kriegs Beschweren,
um unsres Gouverneurs Bankett zu ehren. *(alle ab)*

4. Szene

Ferneze, mehrere Ritter, Martin del Bosco treten auf.

FERNEZE: In dem Punkt tut, Landsleute, was ich sage:
Paßt ganz besonders auf, daß kein Mann vorspringt,
eh ihr den Schuß der Feldschlange gehört habt,
der mit dem Luntenstock wird ihn dann lösen.
Dann kommt ganz schnell heraus, um mich zu retten,
denn entweder bin ich dann in Gefahr,
oder ihr seid befreit von dieser Knechtschaft.

1. RITTER: Lieber als leben so als Türkenknechte,
was wagten wir nicht gern?

FERNEZE: Nun gut, dann geht.

DIE RITTER: Lebt wohl denn, Gouverneur! *(alle ab)*

5. Szene

Auf der oberen Bühne: Barabas kommt mit einem Hammer, sehr geschäftig. Dann Zimmerleute und Diener.

BARABAS: Die Stricke, die Scharniere, alles fest?
Krane und Flaschenzüge – alles sicher?

1. ZIMMERMANN: Alles in Ordnung.

BARABAS: Laßt nichts herumliegen, folgt meiner Weisung.
Jetzt seh ichs: Ihr seid gute Handwerksleute!
Da, Zimmerer, das Gold teilt unter euch! –
Im Keller stehen Sekt und Muskateller
für euch bereit; geht, trinkt soviel ihr wollt!

ZIMMERLEUTE: Das wolln wir, Herr, und Dank Euch!
(Sie gehen ab)

BARABAS: Und wenns euch schmeckt, trinkt aus; dann sterbt ihr dran!
Wenn ich nur leb, mag alle Welt verderben.

Nur Ihr noch, Calymath, laßt mir jetzt sagen,
Ihr kommt zum Essen. Dann bin ichs zufrieden!
(Bote tritt auf) Nun? Kommt er, Kerl?

BOTE: Er kommt. Und seine Krieger
hat er an Land befohlen. Sie marschieren
durch Maltas Straßen, daß Ihr sie bewirtet.

BARABAS: So ist mir alles ganz nach Wunsch gegangen,
mir fehlt nur noch das Gold des Gouverneurs. *(Ferneze tritt auf).* Da kommt er! – Nun, wieviel ists, Gouverneur?

FERNEZE: Freiwillig gab mans: hunderttausend Pfund.

BARABAS: Pfund, sagt Ihr, Gouverneur? –
Nun, da's nicht mehr ist,
solls mir genügen. Nein, behaltets noch:
Halt ich nicht mein Versprechen, traut auch mir nicht! –
Und, Gouverneur, erfahrt nun meinen Plan:
Seine Armee hat er vorausgeschickt,
die sind im Kloster. Aber unter dem
sind mehrere Geschütze aufgestellt,
und Schießpulver hats, ganze Fässer voll,
das dann mit einem Male in die Luft fliegt.
Dann schmettern ihnen Steine um die Ohren,
und keiner kommt davon mit seinem Leben.
Für Calymath und sein Gefolge aber
hab ich den Saal hier hübsch zurechtgemacht,
der Fußboden, wenn man dies Seil zerschneidet,
geht ganz entzwei, so daß sie alle fallen
in eine tiefe Grube – ohne Rettung.
Da, haltet dies Messer! Wenn Ihr seht, er kommt
und sitzt behaglich da mit seinen Paschas,
dann wird vom Turm her ein Signalschuß fallen,
damit Ihr wißt, wann Ihr das Seil durchschneidet.
Das Haus verbrennt dann. – Sagt, ist das nicht tüchtig?

FERNEZE: Ganz ausgezeichnet! – Barabas, da nehmt es,
was ich versprach: Ich traue Eurem Wort.

BARABAS: Nein, Gouverneur. Erst kommt, was Euch gebührt.
Ihr sollt Euer Lebtag nicht mehr an mir zweifeln!
Habt acht, sie kommen! *(Ferneze tritt zurück)* Nun, ist das nicht wirklich ein Königs-Handel? Städte kaufen durch Verrat, und sie durch Täuschung dann verkaufen!
Sagt, Sünder, denen diese Sonne lacht:
Ward je ein größerer Betrug vollbracht?

Calymath und Paschas treten auf.

CALYMATH: Kommt, meine Paschas! Ich ersuch euch, seht nur,
wie Barabas sich oben keine Ruh gönnt,
uns zu bewirten da in seinem Saal. –
Begrüßt ihn! – Gott mit Euch, mein Barabas!

BARABAS: Willkommen, großer Calymath!

FERNEZE: *(leise)* Der Schurke!
Wie er sich über ihn noch lustig macht!

BARABAS: Beliebts Euch, mächtiger Selim Calymath,
unsre bescheidne Treppe zu ersteigen?

CALYMATH: Ja, Barabas. – Kommt, Paschas!

FERNEZE: Calymath!
Bleibt stehn! Ich will Euch größere Höflichkeit
erweisen, als Euchs Barabas getan hätt!

RITTER: *(abseits)* Blast die Trompete!

Trompetenstoß. Ferneze schneidet das Seil durch. Der Boden der oberen Bühne öffnet sich, Barabas fällt in einen Kessel, der darunter sichtbar wird. Martin del Bosco und Ritter treten auf.

CALYMATH: Was gibts? Was soll das?

BARABAS: Hilfe! Christen, helft mir!

FERNEZE: Seht, Calymath! Euch wollte er das antun.

CALYMATH: Verrat, Verrat! Flieht, Paschas!

FERNEZE: Nein, Selim, flieht nicht. Seht zuerst sein Ende. Dann flieht, wenn Ihr könnt.

BARABAS: O, hilf mir, Selim! Helft mir doch, ihr Christen!
Was steht Ihr, Gouverneur? Habt Ihr kein Mitleid?

FERNEZE: Soll Mitleid mich, für Euch und Eure Klagen,
Verfluchter Jude Barabas, erweichen? –
Nein, so seh ich Euren Verrat bezahlt,
doch wünsche ich, Ihr wärt nicht so gewesen.
BARABAS: Ihr helft mir also nicht?
FERNEZE: Nein, Schurke. Nein!
BARABAS: Ihr Schurken könntet mir jetzt nicht mehr helfen!
– Dann, Barabas, mit deinem letzten Atem
und in der Wildheit deiner Qualen, trachte
dein Leben zu beschließen ohne Schwachheit.
Ich brachte Euren Sohn um, Gouverneur!
Ich hab den Brief gefälscht, der rief zum Zweikampf!
Euch, Calymath, wollte ich auch verderben,
und wär ich diesem Anschlag nur entgangen,
hätt ich euch alle miteinand vernichtet,
verdammte Christenhunde, Türkenheiden! –
Doch nun beginnt die übergroße Hitze
zu foltern mich mit unterträglicher Qual:
Stirb, Leben! – Seele, flieh! – Mund, fluch dich satt
und stirb! *(er stirbt)*
CALYMATH: Sagt mir, ihr Christen, was bedeutet das?
FERNEZE: In diesem Feuer wollt er Euch verderben.
Nun, Selim, seht des Juden heillos Tun:
Sein Anschlag sollte Euch das Leben kosten,
doch zog ichs vor, Euch davor zu erretten.
CALYMATH: War das das Festmahl, zu dem er uns einlud? –
(zu seinem Gefolge) Kommt fort, daß uns kein weitrer
Anschlag droht.
FERNEZE: Nein, Selim, bleibt! Denn da wir Euch hier haben,
so lassen wir Euch nicht so schnell mehr fort.
Und ließen wir Euch auch, Ihr könntets doch nicht,
mit den Galeeren könntet Ihr nicht gehn,
weils Euch an Leuten fehlt, sie zu bemannen.
CALYMATH: Ach, Gouverneur, seid darum unbesorgt:

Denn längst sind alle Mann an Bord
und warten jetzt schon!

FERNEZE: Habt Ihr denn die Trompete nicht gehört?

CALYMATH: Ja, und?

FERNEZE: Da sprengte man das Haus mit allen
Euren Soldaten drinnen in die Luft.

CALYMATH: Abscheulicher Verrat!

FERNEZE: Des Juden Höflichkeit!
Denn er, der durch Verrat zu Fall uns brachte,
gab durch Verrat nun Euch in unsre Hand.
Drum wisset, eh Eur Vater gutgemacht hat
den uns und Malta zugefügten Schaden,
könnt Ihr nicht fort. Denn erst, wenn Malta frei ist,
kehrt Selim wieder heim in die Türkei.

CALYMATH: Nein, Christen, laßt mich lieber jetzt nach Hause,
um selbst dort euren Frieden zu vermitteln.
Mich hier zu halten, wird euch gar nichts nützen.

FERNEZE: Fügt Euch drein, Calymath. Hier müßt Ihr bleiben,
als Geisel Maltas. – Käm auch alle Welt,
Euch zu befrein, jetzt halten wir so Wache,
daß sie das Meer austrinken müßten, ehe
sie uns gefährden und erobern könnten. –
Nun fort. Und, wie sichs ziemt, wolln wir nun loben
nicht Glück, noch Schicksal, nur den Himmel droben.
(alle ab)

***

Anmerkung: Es gibt einige Anzeichen dafür, daß dem Text – besonders gegen Ende – noch ein letzter Arbeitsgang fehlte. So hatte Fried an einigen Stellen Varianten stehen lassen, die hier nach Vergleich mit dem Original getilgt wurden. Versehentlich ausgelassene Verse wurden nachübersetzt, die Anredeformen wurden konsequent gestaltet, wenn keine Absicht Frieds in der Handhabung dieser Formen zu vermuten war. Rechtschreibung und Zeichensetzung wurden behutsam korrigiert, auf stilistische Eingriffe wurde außer bei wenigen offensichtlichen Irrtümern verzichtet. F. A.

KARL MARX

Zur Judenfrage

Bruno Bauer: *Die Judenfrage.* Braunschweig 1843.

Die deutschen Juden begehren die Emanzipation. Welche Emanzipation begehren sie? Die *staatsbürgerliche,* die *politische* Emanzipation.

Bruno Bauer antwortet ihnen: Niemand in Deutschland ist politisch emanzipiert. Wir selbst sind unfrei. Wie sollen wir euch befreien? Ihr Juden seid *Egoisten,* wenn ihr eine besondere Emanzipation für euch als Juden verlangt. Ihr müßtet als Deutsche an der politischen Emanzipation Deutschlands, als Menschen an der menschlichen Emanzipation arbeiten und die besondere Art eures Druckes und eurer Schmach nicht als Ausnahme von der Regel, sondern vielmehr als Bestätigung der Regel empfinden.

Oder verlangen die Juden Gleichstellung mit den *christlichen Untertanen?* So erkennen sie den *christlichen Staat* als berechtigt an, so erkennen sie das Regiment der allgemeinen Unterjochung an. Warum mißfällt ihnen ihr spezielles Joch, wenn ihnen das allgemeine Joch gefällt! Warum soll der Deutsche sich für die Befreiung des Juden interessieren, wenn der Jude sich nicht für die Befreiung des Deutschen interessiert?

Der *christliche* Staat kennt nur *Privilegien.* Der Jude besitzt in ihm das Privilegium, Jude zu sein. Er hat als Jude Rechte, welche die Christen nicht haben. Warum begehrt er Rechte, welche er nicht hat und welche die Christen genießen!

Wenn der Jude vom christlichen Staat emanzipiert sein will, so verlangt er, daß der christliche Staat sein *religiöses* Vorurteil aufgebe. Gibt er, der Jude, *sein* religiöses Vorurteil auf? Hat er also das Recht, von einem anderen diese Abdankung der Religion zu verlangen?

Der christliche Staat kann *seinem Wesen* nach den Juden nicht emanzipieren; aber, setzt Bauer hinzu, der Jude kann seinem Wesen nach nicht emanzipiert werden. Solange der Staat christlich und der Jude jüdisch ist, sind beide ebensowenig fähig, die Emanzipation zu verleihen als zu empfangen.

Der christliche Staat kann sich nur in der Weise des christlichen Staats zu dem Juden verhalten, das heißt auf privilegierende Weise, indem er die Absonderung des Juden von den übrigen Untertanen gestattet, ihn aber den Druck der anderen abgesonderten Sphären empfinden und um so nachdrücklicher empfinden läßt, als der Jude im *religiösen* Gegensatz zu der herrschenden Religion steht. Aber auch der Jude kann sich nur jüdisch zum Staat verhalten, das heißt zu dem Staate als einem Fremdling, indem er der wirklichen Nationalität seine chimärische Nationalität, indem er dem wirklichen Gesetz sein illusorisches Gesetz gegenüberstellt, indem er zur Absonderung von der Menschheit sich berechtigt wähnt, indem er prinzipiell keinen Anteil an der geschichtlichen Bewegung nimmt, indem er einer Zukunft harrt, welche mit der allgemeinen Zukunft des Menschen nichts gemein hat, indem er sich für ein Glied des jüdischen Volkes und das jüdische Volk für das auserwählte Volk hält.

Auf welchen Titel hin begehrt ihr Juden also die Emanzipation? Eurer Religion wegen? Sie ist die Todfeindin der Staatsreligion. Als Staatsbürger? Es gibt in Deutschland keine Staatsbürger. Als Menschen? Ihr seid keine Menschen, so wenig als die, an welche ihr appelliert.

Bauer hat die Frage der Juden-Emanzipation neu gestellt, nachdem er eine Kritik der bisherigen Stellungen und Lösungen der Frage gegeben. Wie, fragt er, sind sie *beschaffen*, der Jude, der emanzipiert werden, der christliche Staat, der emanzipieren soll? Er antwortet durch eine Kritik der jüdischen

Religion, er analysiert den *religiösen* Gegensatz zwischen Judentum und Christentum, er verständigt über das Wesen des christlichen Staates, alles dies mit Kühnheit, Schärfe, Geist, Gründlichkeit in einer ebenso präzisen als kernigen und energievollen Schreibweise.

Wie also löst Bauer die Judenfrage? Welches das Resultat? Die Formulierung einer Frage ist ihre Lösung. Die Kritik der Judenfrage ist die Antwort auf die Judenfrage. Das Resumé also folgendes:

Wir müssen uns selbst emanzipieren, ehe wir andere emanzipieren können.

Die starrste Form des Gegensatzes zwischen dem Juden und dem Christen ist der *religiöse* Gegensatz. Wie löst man einen Gegensatz? Dadurch, daß man ihn unmöglich macht. Wie macht man einen *religiösen* Gegensatz unmöglich? Dadurch, daß man die *Religion aufhebt.* Sobald Jude und Christ ihre gegenseitigen Religionen nur mehr als *verschiedene Entwicklungsstufen des menschlichen Geistes,* als verschiedene von der *Geschichte* abgelegte Schlangenhäute und den *Menschen* als die Schlange erkennen, die sich in ihnen gehäutet, stehen sie nicht mehr in einem religiösen, sondern nur noch in einem kritischen, *wissenschaftlichen,* in einem menschlichen Verhältnis. Die *Wissenschaft* ist dann ihre Einheit. Gegensätze in der Wissenschaft lösen sich aber durch die Wissenschaft selbst.

Dem *deutschen* Juden namentlich stellt sich der Mangel der politischen Emanzipation überhaupt und die prononcierte Christlichkeit des Staats gegenüber. In Bauers Sinn hat jedoch die Judenfrage eine allgemeine, von den spezifisch deutschen Verhältnissen unabhängige Bedeutung. Sie ist die Frage von dem Verhältnis der Religion zum Staat, von dem *Widerspruch der religiösen Befangenheit und der politischen Emanzipation.* Die Emanzipation von der Religion wird als Bedingung gestellt, sowohl an den Juden, der politisch emanzipiert sein will, als an den Staat, der emanzipieren und selbst emanzipiert sein soll.

»Gut! sagt man, und der Jude sagt es selbst, der Jude soll auch nicht als Jude, nicht weil er Jude ist, nicht weil er ein so treffliches allgemein menschliches Prinzip der Sittlichkeit hat, emanzipiert werden, der *Jude* wird vielmehr selbst hinter den *Staatsbürger* zurücktreten und *Staatsbürger* sein, trotzdem daß er Jude ist und Jude bleiben soll; d. h. er ist und bleibt *Jude,* trotzdem daß er *Staatsbürger* ist und in allgemein menschlichen Verhältnissen lebt; sein jüdisches und beschränktes Wesen trägt immer und zuletzt über seine menschlichen und politischen Verpflichtungen den Sieg davon. Das *Vorurteil* bleibt, trotzdem daß es von *allgemeinen* Grundsätzen überflügelt ist. Wenn es aber bleibt, so überflügelt es vielmehr alles andere.« »Nur sophistisch, dem Scheine nach, würde der Jude im Staatsleben Jude bleiben können; der bloße Schein würde also, wenn er Jude bleiben wollte, das Wesentliche sein und den Sieg davontragen, d. h. sein *Leben im Staat* würde nur Schein oder eine momentane Ausnahme gegen das Wesen und die Regel sein.« (Die Fähigkeit der heutigen Juden und Christen, frei zu werden. Einundzwanzig Bogen, p. 57.)

Hören wir andererseits, wie Bauer die Aufgabe des Staats stellt:

»Frankreich«, heißt es, »hat uns neuerlich (Verhandlungen der Deputiertenkammer vom 26. Dez. 1840) in bezug auf die Judenfrage – so wie in allen anderen *politischen* Fragen seit der Julirevolution beständig – den Anblick eines Lebens gegeben, welches frei ist, aber seine Freiheit im Gesetz revoziert, also auch für einen Schein erklärt und auf der anderen Seite sein freies Gesetz durch die Tat widerlegt.« (Judenfrage, p. 64.)

»Die allgemeine Freiheit ist in Frankreich noch nicht Gesetz, die *Judenfrage auch* noch *nicht* gelöst, weil die gesetzliche Freiheit – daß alle Bürger gleich sind – im Leben, welches von den religiösen Privilegien noch beherrscht und zerteilt ist, beschränkt wird und diese Unfreiheit des Lebens auf das Gesetz zurückwirkt und dieses zwingt, die Unterscheidung der an sich freien Bürger in Unterdrückte und Unterdrücker zu sanktionieren.« (p. 65.)

Wann also wäre die Judenfrage für Frankreich gelöst?

»Der Jude z. B. müßte aufgehört haben, Jude zu sein, wenn er sich durch sein Gesetz nicht verhindern läßt, seine Pflichten gegen Staat und seine Mitbürger zu erfüllen, also z. B. am Sabbath in die Deputiertenkammer geht und an den öffentlichen Verhandlungen teilnimmt. Jedes *religiöse Privilegium* überhaupt, also auch das Monopol einer bevorrechteten Kirche, müßte aufgehoben, und wenn einige oder mehrere oder *auch die überwiegende Mehrzahl noch religiöse Pflichten glaubten erfüllen zu müssen,* so müßte diese Erfüllung als eine *reine Privatsache ihnen selbst* überlassen sein.« (p. 65.) »Es gibt keine Religion mehr, wenn es keine privilegierte Religion mehr gibt. Nehmt der Religion ihre ausschließende Kraft, und sie existiert nicht mehr.« (p. 66.) »So gut, wie Herr Martin du Nord in dem Vorschlag, die Erwähnung des Sonntags im Gesetze zu unterlassen, den Antrag auf die Erklärung sah, daß das Christentum aufgehört habe zu existieren, mit demselben Rechte (und dies Recht ist vollkommen begründet) würde die Erklärung, daß das Sabbathgesetz für den Juden keine Verbindlichkeit mehr habe, die Proklamation der Auflösung des Judentums sein.« (p. 71.)

Bauer verlangt also einerseits, daß der Jude das Judentum, überhaupt der Mensch die Religion aufgebe, um *staatsbürgerlich* emanzipiert zu werden. Andererseits gilt ihm konsequenterweise die *politische* Aufhebung der Religion für die Aufhebung der Religion schlechthin. Der Staat, welcher die Religion voraussetzt, ist noch kein wahrer, kein wirklicher Staat. »Allerdings gibt die religiöse Vorstellung dem Staat Garantien. Aber welchem Staat? *Welcher Art des Staates*« (p. 97.)

An diesem Punkt tritt die *einseitige* Fassung der Judenfrage hervor.

Es genügte keineswegs zu untersuchen: Wer soll emanzipieren? Wer soll emanzipiert werden? Die Kritik hatte ein Drittes zu tun. Sie mußte fragen: *Von welcher Art der Emanzipation* handelt es sich? Welche Bedingungen sind im Wesen der verlangten Emanzipation begründet? Die Kritik der *politischen Emanzipation* selbst war erst die schließliche Kritik der Judenfrage und ihre wahre Auflösung in die *»allgemeine Frage der Zeit«*.

Weil Bauer die Frage nicht auf diese Höhe erhebt, verfällt er in Widersprüche. Er stellt Bedingungen, die nicht im Wesen der *politischen* Emanzipation selbst begründet sind. Er wirft Fragen auf, welche seine Aufgabe nicht enthält, und er löste Aufgaben, welche seine Frage unerledigt lassen. Wenn Bauer von den Gegnern der Judenemanzipation sagt: »Ihr Fehler war nur der, daß sie den christlichen Staat als den einzig wahren voraussetzen und nicht derselben Kritik unterwarfen, mit der sie das Judentum betrachteten« (p. 3), so finden wir Bauers Fehler darin, daß er *nur* den »christlichen Staat«, nicht den »Staat schlechthin« der Kritik unterwirft, daß er *das Verhältnis der politischen Emanzipation zur menschlichen Emanzipation* nicht untersucht und daher Bedingungen stellt, welche nur aus einer unkritischen Verwechslung der politischen Emanzipation mit der allgemein menschlichen erklärlich sind. Wenn Bauer die Juden fragt: Habt ihr von eurem Standpunkt aus das Recht, die *politische Emanzipation* zu begehren? so fragen wir umgekehrt: Hat der Standpunkt der *politischen* Emanzipation das Recht, vom Juden die Aufhebung des Judentums, vom Menschen überhaupt die Aufhebung der Religion zu verlangen?

Die Judenfrage erhält eine veränderte Fassung, je nach dem Staate, in welchem der Jude sich befindet. In Deutschland, wo kein politischer Staat, kein Staat als Staat existiert, ist die

Judenfrage eine rein *theologische* Frage. Der Jude befindet sich im *religiösen* Gegensatz zum Staat, der das Christentum als seine Grundlage bekennt. Dieser Staat ist Theologe *ex professo*. Die Kritik ist hier Kritik der Theologie, zweischneidige Kritik, Kritik der christlichen, Kritik der jüdischen Theologie. Aber so bewegen wir uns immer noch in der Theologie, so sehr wir uns auch *kritisch* in ihr bewegen mögen.

In Frankreich, in dem *konstitutionellen* Staat, ist die Judenfrage die Frage des Konstitutionalismus, die Frage von der *Halbheit der politischen Emanzipation*. Da hier der *Schein* einer Staatsreligion, wenn auch in einer nichtssagenden und sich selbst widersprechenden Formel, in der Formel einer *Religion der Mehrheit* beibehalten ist, so behält das Verhältnis der Juden zum Staat den *Schein* eines religiösen, theologischen Gegensatzes.

Erst in den nordamerikanischen Freistaaten – wenigstens in einem Teil derselben – verliert die Judenfrage ihre *theologische* Bedeutung und wird zu einer wirklich *weltlichen* Frage. Nur wo der politische Staat in seiner vollständigen Ausbildung existiert, kann das Verhältnis des Juden, überhaupt des religiösen Menschen, zum politischen Staat, also das Verhältnis der Religion zum Staat, in seiner Eigentümlichkeit, in seiner Reinheit heraustreten. Die Kritik dieses Verhältnisses hört auf, theologische Kritik zu sein, sobald der Staat aufhört, auf *theologische* Weise sich zur Religion zu verhalten, sobald er sich als Staat, d. h. *politisch*, zur Religion verhält. Die Kritik wird dann zur *Kritik des politischen Staats*. An diesem Punkt, wo die Frage aufhört, *theologisch* zu sein, hört Bauers Kritik auf, kritisch zu sein. »*Il n'existe aux Etats-Unis ni religion de l'Etat, ni religion déclarée celle de la majorité ni prééminence d'un culte sur un autre. L'Etat est étranger à tous les cultes.*« (*Marie ou l'esclavage aux Etats-Unis etc., par G. de Beaumont. Paris 1835, p. 214.*) Ja es gibt einige nordamerikanische Staaten, wo »*la constitution n'impose pas les croyances religieuses et la pratique d'un culte comme condition des privilèges politiques«* (l. c. p. 225). Dennoch *»on ne croit pas aux Etats-Unis qu'un homme sans religion puisse être un honnête homme«* (l. c. p. 224). Dennoch ist Nordamerika vorzugsweise das Land der Religiosität, wie Beaumont, Tocqueville und der Engländer Hamilton aus einem Munde versichern. Die nordamerikanischen Staaten gelten uns indes nur als Beispiel. Die Frage ist: Wie verhält sich die *vollendete* politische Emanzipation zur Religion? Finden wir selbst im Lande der vollendeten politischen Emanzipation nicht nur die *Existenz,* sondern die *lebensfrische,* die *lebenskräftige* Existenz der Religion, so ist der Beweis geführt, daß das Dasein der Religion der Vollendung des Staats nicht widerspricht. Da aber das Dasein der Religion das Dasein eines Mangels ist, so kann die Quelle dieses Mangels nur noch im *Wesen* des Staates selbst gesucht werden. Die Religion gilt uns nicht mehr als der *Grund,* sondern nur noch als das *Phänomen* der weltlichen Beschränktheit. Wir erklären daher die religiöse Befangenheit der freien Staatsbürger aus ihrer weltlichen Befangenheit. Wir behaupten nicht, daß sie ihre religiöse Beschränktheit aufheben müssen, um ihre weltlichen Schranken aufzuheben. Wir behaupten, daß sie ihre religiöse Beschränktheit aufheben, sobald sie ihre weltliche Schranke aufheben. Wir verwandeln nicht die weltlichen Fragen in theologische. Wir verwandeln die theologischen Fragen in weltliche. Nachdem die Geschichte lange genug in Aberglauben aufgelöst worden ist, lösen wir den Aberglauben in Geschichte auf. Die Frage von dem *Verhältnisse der politischen Emanzipation zur Religion* wird für uns die Frage von dem *Verhältnis der politischen Emanzipation zur menschlichen Emanzipation.* Wir kritisieren die religiöse Schwäche des politischen Staats, indem wir den politischen Staat, *abgesehen* von den religiösen Schwächen, in seiner weltlichen Konstruktion kritisieren. Den Widerspruch des Staats mit einer *bestimmten Religion,* etwa dem *Judentum*, vermenschlichen wir in den Widerspruch des Staats mit *bestimmten weltlichen* Elementen, den Widerspruch des Staats mit der *Religion überhaupt*, in den Widerspruch des Staats mit seinen *Voraussetzungen* überhaupt.

Die *politische* Emanzipation des Juden, des Christen, überhaupt des *religiösen* Menschen, ist die *Emanzipation des Staats* vom Judentum, vom Christentum, überhaupt von der *Religion*. In seiner Form, in der seinem Wesen eigentümlichen Weise, als *Staat* emanzipiert sich der Staat von der Religion, indem er sich von der *Staatsreligion* emanzipiert, d. h. indem der Staat als Staat keine Religion bekennt, indem der Staat sich vielmehr als Staat bekennt. Die *politische* Emanzipation von der Religion ist nicht die durchgeführte, die widerspruchslose Emanzipation von der Religion, weil die politische Emanzipation nicht die durchgeführte, die widerspruchslose Weise der *menschlichen* Emanzipation ist.

Die Grenze der politischen Emanzipation erscheint sogleich darin, daß der *Staat* sich von einer Schranke befreien kann, ohne daß der Mensch *wirklich* von ihr frei wäre, daß der Staat ein *Freistaat* sein kann, ohne daß der Mensch *ein freier Mensch* wäre. Bauer selbst gibt dies stillschweigend zu, wenn er folgende Bedingung der politischen Emanzipation setzt: »Jedes religiöse Privilegium überhaupt, also auch das Monopol einer bevorrechteten Kirche, müßte aufgehoben, und wenn einige oder mehrere oder auch die *überwiegende Mehrzahl noch religiöse Pflichten glaubten erfüllen zu müssen*, so müßte diese Erfüllung als eine *reine Privatsache* ihnen selbst überlassen sein.« Der *Staat* kann sich also von der Religion emanzipiert haben, sogar wenn die *überwiegende Mehrzahl* noch religiös ist. Und die überwiegende Mehrzahl hört dadurch nicht auf, religiös zu sein, daß sie *privatim* religiös ist.

Aber das Verhalten des Staats zur Religion, namentlich *des Freistaats*, ist doch nur das Verhalten der *Menschen*, die den

Staat bilden, zur Religion. Es folgt hieraus, daß der Mensch durch das *Medium des Staats*, daß er *politisch* von einer Schranke sich befreit, indem er sich im Widerspruch mit sich selbst, indem er sich auf eine *abstrakte* und *beschränkte*, auf partielle Weise über diese Schranke erhebt. Es folgt ferner, daß der Mensch auf einem *Umweg*, durch ein *Medium*, wenn auch durch ein *notwendiges Medium* sich befreit, indem er sich *politisch* befreit. Es folgt endlich, daß der Mensch, selbst wenn er durch die Vermittlung des Staats sich als Atheisten proklamiert, d. h. wenn er den Staat zum Atheisten proklamiert, immer noch religiös befangen bleibt, eben weil er sich nur auf einem Umweg, weil er nur durch ein Medium sich selbst anerkennt. Die Religion ist eben die Anerkennung des Menschen auf einem Umweg. Durch einen *Mittler*. Der Staat ist der Mittler zwischen dem Menschen und der Freiheit des Menschen. Wie Christus der Mittler ist, dem der Mensch seine ganze Göttlichkeit, seine ganze *religiöse Befangenheit* aufbürdet, so ist der Staat der Mittler, in den er seine ganze Ungöttlichkeit, seine ganze *menschliche Unbefangenheit* verlegt.

Die *politische* Erhebung des Menschen über die Religion teilt alle Mängel und alle Vorzüge der politischen Erhebung überhaupt. Der Staat als Staat annulliert z. B. das *Privateigentum*, der Mensch erklärt auf *politische* Weise das Privateigentum für *aufgehoben*, sobald er den *Zensus* für aktive und passive Wählbarkeit aufhebt, wie dies in vielen nordamerikanischen Staaten geschehen ist. *Hamilton* interpretiert dies Faktum von politischem Standpunkte ganz richtig dahin: »*Der große Haufen hat den Sieg über die Eigentümer und den Geldreichtum davongetragen.*« Ist das Privateigentum nicht ideell aufgehoben, wenn der Nichtbesitzende zum Gesetzgeber des Besitzenden geworden ist? Der *Zensus* ist die letzte *politische* Form, das Privateigentum anzuerkennen.

Dennoch ist mit der politischen Annullation des Privateigentums das Privateigentum nicht nur nicht aufgehoben, sondern sogar vorausgesetzt. Der Staat hebt den Unterschied der *Geburt*, des *Standes*, der *Bildung*, der *Beschäftigung* in seiner Weise auf, wenn er Geburt, Stand, Bildung, Beschäftigung für *unpolitische* Unterschiede erklärt, wenn er ohne Rücksicht auf diese Unterschiede jedes Glied des Volkes zum *gleichmäßigen* Teilnehmer der Volkssouveränität ausruft, wenn er alle Elemente des wirklichen Volkslebens von dem Staatsgesichtspunkt aus behandelt. Nichtsdestoweniger läßt der Staat das Privateigentum, die Bildung, die Beschäftigung auf *ihre* Weise, d. h. als Privateigentum, als Bildung, als Beschäftigung *wirken* und ihr *besonderes* Wesen geltend machen. Weit entfernt, diese *faktischen* Unterschiede aufzuheben, existiert er vielmehr nur unter ihrer Voraussetzung, empfindet er sich als *politischer Staat* und macht er seine *Allgemeinheit* geltend nur im Gegensatz zu diesen seinen Elementen. *Hegel* bestimmt das Verhältnis des *politischen Staats* zur Religion daher ganz richtig, wenn er sagt: »Damit der Staat als die *sich wissende sittliche Wirklichkeit* des Geistes zum Dasein komme, ist seine *Unterscheidung* von der Form der Autorität und des Glaubens notwendig; diese Unterscheidung tritt aber nur hervor, insofern die kirchliche Seite in sich selbst zur *Trennung* kommt; *nur so über* den *besonderen* Kirchen hat der Staat die *Allgemeinheit* des Gedankens, das Prinzip seiner Form gewonnen und bringt sie zur Existenz« (Hegels Rechtsphil., 1. Ausg., p. 346). Allerdings! Nur so *über* den *besonderen* Elementen konstituiert sich der Staat als Allgemeinheit.

Der vollendete politische Staat ist seinem Wesen nach das *Gattungsleben* des Menschen im *Gegensatz* zu seinem materiellen Leben. Alle Voraussetzungen dieses egoistischen Lebens bleiben *außerhalb* der Staatssphäre in der *bürgerlichen Gesellschaft* bestehen, aber als Eigenschaften der bürgerlichen Gesellschaft. Wo der politische Staat seine wahre Ausbildung erreicht hat, führt der Mensch nicht nur im Gedanken, im

Bewußtsein, sondern in der *Wirklichkeit*, im *Leben* ein doppeltes, ein himmlisches und ein irdisches Leben, das Leben im *politischen Gemeinwesen*, worin er sich als *Gemeinwesen* gilt, und das Leben in der *bürgerlichen Gesellschaft*, worin er als *Privatmensch* tätig ist, die anderen Menschen als Mittel betrachtet, sich selbst zum Mittel herabwürdigt und zum Spielball fremder Mächte wird. Der politische Staat verhält sich ebenso spiritualistisch zur bürgerlichen Gesellschaft wie der Himmel zur Erde. Er steht in demselben Gegensatz zu ihr, er überwindet sie in derselben Weise wie die Religion die Beschränktheit der profanen Welt, d. h., indem er sie ebenfalls wieder anerkennen, herstellen, sich selbst von ihr beherrschen lassen muß. Der Mensch in seiner *nächsten* Wirklichkeit, in der bürgerlichen Gesellschaft, ist ein profanes Wesen. Hier, wo er als wirkliches Individuum sich selbst und anderen gilt, ist er eine *unwahre* Erscheinung. In dem Staat dagegen, wo der Mensch als Gattungswesen gilt, ist er das imaginäre Glied einer eingebildeten Souveränität, ist er seines wirklichen individuellen Lebens beraubt und mit einer unwirklichen Allgemeinheit erfüllt.

Der Konflikt, in welchem sich der Mensch als Bekenner einer *besonderen* Religion mit seinem Staatsbürgertum, mit den anderen Menschen als Gliedern des Gemeinwesens befindet, reduziert sich auf die *weltliche* Spaltung zwischen dem *politischen* Staat und der *bürgerlichen Gesellschaft.* Für den Menschen als *Bourgeois* ist das »Leben im Staate nur Schein oder eine momentane Ausnahme gegen das Wesen und die Regel«. Allerdings bleibt der *Bourgeois,* wie der Jude, nur sophistisch im Staatsleben, wie der *Citoyen* nur sophistisch Jude oder *Bourgeois* bleibt; aber diese Sophistik ist nicht persönlich. Sie ist die *Sophistik des politischen Staats* selbst. Die Differenz zwischen dem religiösen Menschen und dem Staatsbürger ist die Differenz zwischen dem Kaufmann und dem Staatsbürger, zwischen dem Taglöhner und dem Staatsbürger, zwischen dem Grundbesitzer und dem Staatsbürger, zwischen dem *lebendigen Individuum* und dem *Staatsbürger.* Der Widerspruch, in dem sich der religiöse Mensch mit dem politischen Menschen befindet, ist derselbe Widerspruch, in welchem sich der *Bourgeois* mit dem *Citoyen,* in welchem sich das Mitglied der bürgerlichen Gesellschaft mit seiner *politischen Löwenhaut* befindet.

Diesen weltlichen Widerstreit, auf welchen sich die Judenfrage schließlich reduziert, das Verhältnis des politischen Staates zu seinen Voraussetzungen, mögen dies nun materielle Elemente sein, wie das Privateigentum etc., oder geistige, wie Bildung, Religion, den Widerstreit zwischen dem *allgemeinen* Interesse und dem *Privatinteresse,* die Spaltung zwischen dem *politischen Staate* und der *bürgerlichen Gesellschaft,* diese weltlichen Gegensätze läßt Bauer bestehen, während er gegen ihren *religiösen* Ausdruck polemisiert. »Gerade ihre Grundlage, das Bedürfnis, welches der *bürgerlichen Gesellschaft* ihr Bestehen sichert und *ihre Notwendigkeit garantiert,* setzt ihr Bestehen beständigen Gefahren aus, unterhält in ihr ein unsicheres Element und bringt jene in beständigem Wechsel begriffene Mischung von Armut und Reichtum, Not und Gedeihen, überhaupt den Wechsel hervor.« (p. 8.)

Man vergleiche den ganzen Abschnitt: »Die bürgerliche Gesellschaft« (p. 8–9), der nach den Grundzügen der Hegelschen Rechtsphilosophie entworfen ist. Die bürgerliche Gesellschaft in ihrem Gegensatz zum politischen Staate wird als notwendig anerkannt, weil der politische Staat als notwendig anerkannt wird.

Die *politische* Emanzipation ist allerdings ein großer Fortschritt, sie ist zwar nicht die letzte Form der menschlichen Emanzipation überhaupt, aber sie ist die letzte Form der menschlichen Emanzipation *innerhalb* der bisherigen Weltordnung. Es versteht sich: wir sprechen hier von wirklicher, von praktischer Emanzipation.

Der Mensch emanzipiert sich *politisch* von der Religion, indem er sie aus dem öffentlichen Recht in das Privatrecht verbannt. Sie ist nicht mehr der Geist des *Staates*, wo der Mensch – wenn auch in beschränkter Weise, unter besonderer Form und in einer besonderen Sphäre – sich als Gattungswesen verhält, in Gemeinschaft mit anderen Menschen, sie ist zum Geist der *bürgerlichen Gesellschaft* geworden, der Sphäre des Egoismus, des *bellum omnium contra omnes*. Sie ist nicht mehr das Wesen der *Gemeinschaft*, sondern das Wesen des *Unterschieds*. Sie ist zum Ausdruck der *Trennung* des Menschen von seinem *Gemeinwesen*, von sich und den anderen Menschen geworden – was sie *ursprünglich* war. Sie ist nur noch das abstrakte Bekenntnis der besonderen Verkehrtheit, der *Privatschrulle*, der Willkür. Die unendliche Zersplitterung der Religion in Nordamerika z. B. gibt ihr schon äußerlich die Form einer rein individuellen Angelegenheit. Sie ist unter die Zahl der Privatinteressen hinabgestoßen und aus dem Gemeinwesen als Gemeinwesen exiliert. Aber man täusche sich nicht über die Grenze der politischen Emanzipation. Die Spaltung des Menschen in den *öffentlichen* und in den *Privatmenschen*, die *Dislokation* der Religion aus dem Staate in die bürgerliche Gesellschaft, sie ist nicht eine Stufe, sie ist die *Vollendung* der politischen Emanzipation, die also die *wirkliche* Religiosität des Menschen ebensowenig aufhebt, als aufzuheben strebt.

Die *Zersetzung* des Menschen in den Juden und in den Staatsbürger, in den Protestanten und in den Staatsbürger, in den religiösen Menschen und in den Staatsbürger, diese Zersetzung ist keine Lüge *gegen* das Staatsbürgertum, sie ist keine Umgehung der politischen Emanzipation, sie *ist die politische Emanzipation selbst*, sie ist die *politische* Weise, sich von der Religion zu emanzipieren. Allerdings: in Zeiten, wo der politische Staat als politischer Staat gewaltsam aus der bürgerlichen Gesellschaft heraus geboren wird, wo die menschliche Selbstbefreiung unter der Form der politischen Selbstbefreiung sich zu vollziehen strebt, kann und muß der Staat bis zur *Aufhebung der Religion*, bis zur *Vernichtung* der Religion fortgehen, aber nur so, wie er zur Aufhebung des Privateigentums, zum Maximum, zur Konfiskation, zur progressiven Steuer, wie er zur Aufhebung des Lebens, zur *Guillotine* fortgeht. In den Momenten seines besonderen Selbstgefühls sucht das politische Leben seine Voraussetzung, die bürgerliche Gesellschaft und ihre Elemente, zu erdrücken und sich als das wirkliche, widerspruchslose Gattungsleben des Menschen zu konstituieren. Es vermag dies indes nur durch *gewaltsamen* Widerspruch gegen seine eigenen Lebensbedingungen, nur indem es die Revolution für *permanent* erklärt, und das politische Drama endet daher ebenso notwendig mit der Wiederherstellung der Religion, des Privateigentums, aller Elemente der bürgerlichen Gesellschaft, wie der Krieg mit dem Frieden endet.

Ja, nicht der sogenannte *christliche* Staat, der das Christentum als seine Grundlage, als Staatsreligion bekennt und sich daher ausschließend zu anderen Religionen verhält, ist der vollendete christliche Staat, sondern vielmehr der *atheistische* Staat, der *demokratische* Staat, der Staat, der die Religion unter die übrigen Elemente der bürgerlichen Gesellschaft verweist. Dem Staat, der noch Theologe ist, der noch das Glaubensbekenntnis des Christentums auf offizielle Weise ablegt, der sich noch nicht *als Staat* zu proklamieren wagt, ihm ist es noch nicht gelungen, in *weltlicher, menschlicher* Form, in seiner *Wirklichkeit* als Staat die *menschliche* Grundlage auszudrücken, deren überschwänglicher Ausdruck das Christentum ist. Der sogenannte christliche Staat ist nur einfach der *Nichtstaat*, weil nicht das Christentum als Religion, sondern nur der *menschliche Hintergrund* der christlichen Religion in wirklich menschlichen Schöpfungen sich ausführen kann.

Der sogenannte christliche Staat ist die christliche Verneinung des Staats, aber keineswegs die staatliche Verwirklichung des Christentums. Der Staat, der das Christentum noch in der Form der Religion bekennt, bekennt es noch nicht in der Form des Staats, denn er verhält sich noch religiös zu der Religion, d. h. er ist nicht die *wirkliche Ausführung* des menschlichen Grundes der Religion, weil er noch auf die *Unwirklichkeit*, auf die *imaginäre* Gestalt dieses menschlichen Kernes provoziert. Der sogenannte christliche Staat ist der *unvollkommene* Staat, und die christliche Religion gilt ihm als *Ergänzung* und als *Heiligung* seiner Unvollkommenheit. Die Religion wird ihm daher notwendig zum *Mittel*, und er ist der Staat der *Heuchelei*. Es ist ein großer Unterschied, ob der *vollendete* Staat wegen des Mangels, der im allgemeinen *Wesen* des Staats liegt, die Religion unter seine *Voraussetzungen* zählt, oder ob der *unvollendete* Staat wegen des Mangels, der in seiner *besonderen Existenz* liegt, als mangelhafter Staat, die Religion für seine *Grundlage* erklärt. Im letzteren Falle wird die Religion zur *unvollkommenen Politik*. Im ersten Falle zeigt sich die Unvollkommenheit selbst der vollendeten *Politik* in der Religion. Der sogenannte christliche Staat bedarf der christlichen Religion, um sich *als Staat* zu vervollständigen. Der demokratische Staat, der wirkliche Staat, bedarf nicht der Religion zu seiner politischen Vervollständigung. Er kann vielmehr von der Religion abstrahieren, weil in ihm die menschliche Grundlage der Religion auf weltliche Weise ausgeführt ist. Der sogenannte christliche Staat verhält sich dagegen politisch zur Religion und religiös zur Politik. Wenn er die Staatsformen zum Schein herabsetzt, so setzt er ebensosehr die Religion zum Schein herab.

Um diesen Gegensatz zu verdeutlichen, betrachten wir Bauers Konstruktion des christlichen Staats, eine Konstruktion, welche aus der Anschauung des christlich-germanischen Staats hervorgegangen ist.

»Man hat neuerlich«, sagt Bauer, »um die *Unmöglichkeit*

oder *Nichtexistenz* eines christlichen Staates zu beweisen, öfter auf diejenigen Aussprüche in den Evangelien hingewiesen, die der jetzige *Staat nicht nur nicht* befolgt, sondern *auch nicht einmal befolgen kann, wenn er sich nicht* als Staat *vollständig auflösen will.*« »So leicht aber ist die Sache nicht abgemacht. Was verlangen denn jene evangelischen Sprüche? Die übernatürliche Selbstverleugnung, die Unterwerfung unter die Autorität der Offenbarung, die Abwendung vom Staat, die Aufhebung der weltlichen Verhältnisse. Nun, alles das verlangt und leistet der christliche Staat. Er hat den *Geist des Evangeliums* sich angeeignet, und wenn er ihn nicht mit denselben Buchstaben wiedergibt, mit denen ihn das Evangelium ausdrückt, so kommt das nur daher, weil er diesen Geist in Staatsformen, d. h. in Formen ausdrückt, die zwar dem Staatswesen und dieser Welt entlehnt sind, aber in der religiösen Wiedergeburt, die sie erfahren müssen, zum Schein herabgesetzt werden. Er ist die Abwendung vom Staate, die sich zu ihrer Ausführung der Staatsformen bedient.« (p. 55.)

Bauer entwickelt nun weiter, wie das Volk des christlichen Staats nur ein Nichtvolk ist, keinen eigenen Willen mehr hat, sein wahres Dasein aber in dem Haupte besitzt, dem es untertan, welches ihm jedoch ursprünglich und seiner Natur nach fremd, d. h. von Gott gegeben und ohne sein eigenes Zutun zu ihm gekommen ist, wie die Gesetze dieses Volkes nicht sein Werk, sondern positive Offenbarungen sind, wie sein Oberhaupt privilegierter Vermittler mit dem eigentlichen Volke, mit der Masse bedarf, wie diese Masse selbst in eine Menge besonderer Kreise zerfällt, welche der Zufall bildet und bestimmt, die sich durch ihre Interessen, besonderen Leidenschaften und Vorurteile unterscheiden und als Privilegium die Erlaubnis bekommen, sich gegenseitig voneinander abzuschließen, etc. (p. 56.)

Allein Bauer sagt selbst: »Die Politik, wenn sie nichts als Religion sein soll, darf nicht Politik sein, sowenig, wie das

Reinigen der Kochtöpfe, wenn es als Religionsangelegenheit gelten soll, als eine Wirtschaftssache betrachtet werden darf.« (p. 108.) Im christlich-germanischen Staat ist aber die Religion eine »Wirtschaftssache«, wie die »Wirtschaftssache« Religion ist. Im christlich-germanischen Staat ist die Herrschaft der Religion die Religion der Herrschaft.

Die Trennung des »Geistes des Evangeliums« von den »Buchstaben des Evangeliums« ist ein *irreligiöser* Akt. Der Sinn, der das Evangelium in den Buchstaben der Politik sprechen läßt, in anderen Buchstaben als den Buchstaben des Heiligen Geistes, begeht ein Sakrilegium, wenn nicht vor menschlichen Augen, so doch vor seinen eigenen religiösen Augen. Dem Staate, der das Christentum als seine höchste Norm, der die *Bibel* als seine *Charte* bekennt, muß man die *Worte* der Heiligen Schrift entgegenstellen, denn die Schrift ist heilig bis auf das Wort. Dieser Staat sowohl als das *Menschenkehricht,* worauf er basiert, gerät in einen schmerzlichen, vom Standpunkte des religiösen Bewußtseins aus unüberwindlichen Widerspruch, wenn man ihn auf diejenigen Aussprüche des Evangeliums verweist, die er »nicht nur nicht befolgt, sondern *auch nicht einmal befolgen kann, wenn er sich nicht als Staat vollständig auflösen will*«. Und warum will er sich nicht vollständig auflösen? Er selbst kann darauf weder sich noch andern antworten. Vor seinem *eigenen Bewußtsein* ist der offizielle christliche Staat ein *Sollen,* dessen Verwirklichung unerreichbar ist, der die *Wirklichkeit* seiner Existenz nur durch Lügen vor sich selbst zu konstatieren weiß und sich selbst daher stets ein Gegenstand des Zweifels, ein unzuverlässiger, problematischer Gegenstand bleibt. Die Kritik befindet sich also in vollem Rechte, wenn sie den Staat, der auf die Bibel provoziert, zur Verrücktheit des Bewußtseins zwingt, wo er selbst nicht mehr weiß, ob er eine *Einbildung* oder eine *Realität* ist, wo die Infamie seiner *weltlichen* Zwecke, denen die Religion zum Deckmantel dient, mit der

Ehrlichkeit seines *religiösen* Bewußtseins, dem die Religion als Zweck der Welt erscheint, in unauflöslichen Konflikt gerät. Dieser Staat kann sich nur aus seiner inneren Qual erlösen, wenn er zum *Schergen* der katholischen Kirche wird. Ihr gegenüber, welche die weltliche Macht für ihren dienenden Körper erklärt, ist der Staat ohnmächtig, ohnmächtig die *weltliche* Macht, welche die Herrschaft des religiösen Geistes zu sein behauptet.

In dem sogenannten christlichen Staate gilt zwar die *Entfremdung*, aber nicht der *Mensch*. Der einzige Mensch, der gilt, der *König*, ist ein von den anderen Menschen spezifisch unterschiedenes, dabei selbst noch religiös, mit dem Himmel, mit Gott direkt zusammenhängendes Wesen. Die Beziehungen, die hier herrschen, sind noch *gläubige* Beziehungen. Der religiöse Geist ist also noch nicht wirklich verweltlicht.

Aber der religiöse Geist kann auch nicht *wirklich* verweltlicht werden, denn was ist er selbst, als die *unweltliche* Form einer Entwicklungsstufe des menschlichen Geistes? Der religiöse Geist kann nur verwirklicht werden, insofern die Entwicklungsstufe des menschlichen Geistes, deren religiöser Ausdruck er ist, in ihrer *weltlichen* Form heraustritt und sich konstituiert. Dies geschieht im *demokratischen* Staat. Nicht das Christentum, sondern der *menschliche Grund* des Christentums ist der Grund dieses Staates. Die Religion bleibt das ideale, unweltliche Bewußtsein seiner Glieder, weil sie die ideale Form der *menschlichen Entwicklungsstufe* ist, die in ihm durchgeführt wird.

Religiös sind die Glieder des politischen Staats durch den Dualismus zwischen dem individuellen und dem Gattungsleben, zwischen dem Leben der bürgerlichen Gesellschaft und dem politischen Leben, religiös, indem der Mensch sich zu dem seiner wirklichen Individualität jenseitigen Staatsleben als seinem wahren Leben verhält, religiös, insofern die Religion hier der Geist der bürgerlichen Gesellschaft, der Ausdruck der Trennung und der Entfernung des Menschen vom Menschen ist. Christlich ist die politische Demokratie, indem in ihr der Mensch, nicht nur ein Mensch, sondern jeder Mensch, als *souveränes*, als höchstes Wesen gilt, aber der Mensch in seiner unkultivierten, unsozialen Erscheinung, der Mensch in seiner zufälligen Existenz, der Mensch, wie er geht und steht, der Mensch, wie er durch die ganze Organisation unserer Gesellschaft verdorben, sich selbst verloren, veräußert, unter die Herrschaft unmenschlicher Verhältnisse und Elemente gegeben ist, mit einem Wort, der Mensch, der noch kein *wirkliches* Gattungswesen ist. Das Phantasiegebild, der Traum, das Postulat des Christentums, die Souveränität des Menschen, aber als eines fremden, von dem wirklichen Menschen unterschiedenen Wesens, ist in der Demokratie sinnliche Wirklichkeit, Gegenwart, weltliche Maxime.

Das religiöse und theologische Bewußtsein selbst gilt sich in der vollendeten Demokratie um so religiöser, um so theologischer, als es scheinbar ohne politische Bedeutung, ohne irdische Zwecke, Angelegenheit des weltscheuen Gemütes, Ausdruck der Verstandes-Borniertheit, Produkt der Willkür und der Phantasie, als es ein wirklich jenseitiges Leben ist. Das Christentum erreicht hier den *praktischen* Ausdruck seiner universalreligiösen Bedeutung, indem die verschiedenartigste Weltanschauung in der Form des Christentums sich nebeneinander gruppiert, noch mehr dadurch, daß es an andere nicht einmal die Forderung des Christentums, sondern nur noch der Religion überhaupt, irgendeiner Religion stellt (vgl. die angeführte Schrift von Beaumont). Das religiöse Bewußtsein schwelgt in dem Reichtum des religiösen Gegensatzes und der religiösen Mannigfaltigkeit.

Wir haben also gezeigt: Die politische Emanzipation von der Religion läßt die Religion bestehen, wenn auch keine privilegierte Religion. Der Widerspruch, in welchem sich der Anhänger einer besonderen Religion mit seinem Staatsbürgertum befindet, ist nur *ein Teil* des allgemeinen *weltlichen Widerspruchs zwischen dem politischen Staat und der bürgerlichen Gesellschaft*. Die Vollendung des christlichen Staats ist der Staat, der sich als Staat bekennt und von der Religion seiner Glieder abstrahiert. Die Emanzipation des Staats von der Religion ist nicht die Emanzipation des wirklichen Menschen von der Religion.

Wir sagen also nicht mit Bauer den Juden: Ihr könnt nicht politisch emanzipiert werden, ohne euch radikal vom Judentum zu emanzipieren. Wir sagen ihnen vielmehr: Weil ihr politisch emanzipiert werden könnt, ohne euch vollständig und widerspruchslos vom Judentum loszusagen, darum ist die *politische Emanzipation* selbst nicht die *menschliche* Emanzipation. Wenn ihr Juden politisch emanzipiert werden wollt, ohne euch selbst menschlich zu emanzipieren, so liegen die Halbheit und der Widerspruch nicht nur in euch, sie liegen in dem *Wesen* und der *Kategorie* der politischen Emanzipation. Wenn ihr in dieser Kategorie befangen seid, so teilt ihr eine allgemeine Befangenheit. Wie der Staat *evangelisiert,* wenn er, obschon Staat, sich christlich zu dem Juden verhält, so *politisiert* der Jude, wenn er, obschon Jude, Staatsbürgerrechte verlangt.

Aber wenn der Mensch, obgleich Jude, politisch emanzipiert werden, Staatsbürgerrechte empfangen kann, kann er die sogenannten *Menschenrechte* in Anspruch nehmen und empfangen? Bauer *leugnet* es. »Die Frage ist, ob der Jude als solcher, d. h. der Jude, der selber eingesteht, daß er durch sein wahres Wesen gezwungen ist, in ewiger Absonderung von anderen zu leben, fähig sei, die *allgemeinen Menschenrechte* zu empfangen und anderen zuzugestehen.«

»Der Gedanke der Menschenrechte ist für die christliche Welt erst im vorigen Jahrhundert entdeckt worden. Er ist dem Menschen nicht angeboren, er wird vielmehr nur erobert im Kampfe gegen die geschichtlichen Traditionen, in denen der

Mensch bisher erzogen wurde. So sind die Menschenrechte nicht ein Geschenk der Natur, keine Mitgift der bisherigen Geschichte, sondern der Preis des Kampfes gegen den Zufall der Geburt und gegen die Privilegien, welche die Geschichte von Generation auf Generation bis jetzt vererbt hat. Sie sind das Resultat der Bildung, und derjenige kann sie nur besitzen, der sie sich erworben und verdient hat.«

»Kann sie nun der Jude wirklich in Besitz nehmen? Solange er Jude ist, muß über das menschliche Wesen, welches ihn als Menschen mit Menschen verbinden sollte, das beschränkte Wesen, das ihn zum Juden macht, den Sieg davontragen und ihn von den Nichtjuden absondern. Er erklärt durch diese Absonderung, daß das besondere Wesen, das ihn zum Juden macht, sein wahres höchstes Wesen ist, vor welchem das Wesen des Menschen zurücktreten muß.«

»In derselben Weise kann der Christ als Christ keine Menschenrechte gewähren.« (p. 19, 20.)

Der Mensch muß nach Bauer das *»Privilegium des Glaubens«* aufopfern, um die allgemeinen Menschenrechte empfangen zu können. Betrachten wir einen Augenblick die sogenannten Menschenrechte, und zwar die Menschenrechte unter ihrer authentischen Gestalt, unter der Gestalt, welche sie bei ihren *Entdeckern,* den Nordamerikanern und Franzosen, besitzen! Zum Teil sind diese Menschenrechte *politische* Rechte, Rechte, die nur in der Gemeinschaft mit anderen ausgeübt werden. Die *Teilnahme* am *Gemeinwesen,* und zwar am *politischen* Gemeinwesen, am *Staatswesen,* bildet ihren Inhalt. Sie fallen unter die Kategorie der *politischen Freiheit,* unter die Kategorie der *Staatsbürgerrechte,* welche keineswegs, wie wir gesehen, die widerspruchslose und positive Aufhebung der Religion, also etwa auch des Judentums, voraussetzen. Es bleibt der andere Teil der Menschenrechte zu betrachten, die *droits de l'homme,* insofern sie unterschieden sind von den *droits du citoyen.*

In ihrer Reihe findet sich die Gewissensfreiheit, das Recht, einen beliebigen Kultus auszuüben. Das *Privilegium des Glaubens* wird ausdrücklich anerkannt, entweder als ein *Menschenrecht* oder als Konsequenz eines Menschenrechtes, der Freiheit.

Déclaration des droits de l'homme et du citoyen, 1791, art. 10: »Nul ne doit être inquiété pour ses opinions même religieuses.« Im titre I der Const. von 1791 wird als Menschenrecht garantiert: »La liberté à tout homme d'exercer le *culte religieux* auquel il est attaché.«

Déclaration des droits de l'homme, usw., 1793, zählt unter die Menschenrechte, art. 7: »Le libre exercice des cultes.« Ja, in bezug auf das Recht, seine Gedanken und Meinungen zu veröffentlichen, sich zu versammeln, seinen Kultus auszuüben, heißt es sogar: »La nécessité d'énoncer ces *droits* suppose ou la présence ou le souvenir récent du despotisme.« Man vergleiche die Const. von 1795, titre XIV. art. 345.

Constitution de Pennsylvanie, art. 9. § 3: »Tous les hommes ont reçu de la nature le *droit* imprescriptible d'adorer le Tout-Puissant, selon les inspirations de leur conscience, et nul ne peut légalement être contrait de suivre, instituer ou soutenir contre son gré aucun culte ou ministère religieux. Nulle autorité humaine ne peut, dans aucun cas, intervenir dans les questions de conscience et contrôler les pouvoirs de l'âme.«

Constitution de New-Hampshire, art. 5 et 6: »Au nombre des droits naturels, quelques-uns sont inaliénables de leur nature, parce que rien n'en peut être l'équivalent. De ce nombre sont les *droits* de conscience.« (Beaumont l. c. p. 213, 214.)

Die Unvereinbarkeit der Religion mit den Menschenrechten liegt so wenig im Begriff der Menschenrechte, daß das *Recht, religiös zu sein*, auf beliebige Weise religiös zu sein, den Kultus seiner besonderen Religion auszuüben, vielmehr ausdrücklich unter die Menschenrechte gezählt wird. Das *Privilegium des Glaubens* ist ein *allgemeines Menschenrecht*.

Die *droits de l'homme*, die Menschenrechte werden als *solche* unterschieden von den *droits du citoyen*, von den Staatsbürgerrechten. Wer ist der vom *citoyen* unterschiedene *homme?* Niemand anders als das *Mitglied der bürgerlichen Gesellschaft*. Warum wird das Mitglied der bürgerlichen Gesellschaft »Mensch«, Mensch schlechthin, warum werden seine Rechte *Menschenrechte* genannt? Woraus erklären wir dies Faktum? Aus dem Verhältnis des politischen Staats zur bürgerlichen Gesellschaft, aus dem Wesen der politischen Emanzipation.

Vor allem konstatieren wir die Tatsache, daß die sogenannten *Menschenrechte*, die *droits de l'homme* im Unterschied von den *droits du citoyen*, nichts anderes sind als die Rechte des *Mitglieds der bürgerlichen Gesellschaft*, d. h. des egoistischen Menschen, des vom Menschen und vom Gemeinwesen getrennten Menschen. Die radikalste Konstitution, die Konstitution von 1793, mag sprechen:

Déclar. des droits de l'homme et du citoyen.

Art. 2. Ces droits etc. (les droits naturels et imprescriptibles) sont: *l'égalité*, la *liberté*, la *sûreté*, la *propriété*.

Worin besteht die *liberté?*

Art. 6. »La liberté est le pouvoir qui appartient à l'homme de faire tout ce qui ne nuit pas aux droits d'autrui«, oder nach der Deklaration der Menschenrechte von 1791: »La liberté consiste à pouvoir faire tout ce qui ne nuit pas à autrui.«

Die Freiheit ist also das Recht, alles zu tun und zu treiben, was keinem anderen schadet. Die Grenze, in welcher sich jeder dem anderen *unschädlich* bewegen kann, ist durch das Gesetz bestimmt, wie die Grenze zweier Felder durch den Zaunpfahl bestimmt ist. Es handelt sich um die Freiheit des Menschen als isolierte auf sich zurückgezogene Monade. Warum ist der Jude nach Bauer unfähig, die Menschenrechte zu empfangen? »Solange er Jude ist, muß über das menschliche Wesen, welches ihn als Menschen mit Menschen verbinden sollte, das beschränkte Wesen, das ihn zum Juden macht, den Sieg davontragen und ihn von den Nichtjuden absondern.« Aber das Menschenrecht der Freiheit basiert nicht auf der Verbindung des Menschen mit dem Menschen, sondern vielmehr auf der Absonderung des Menschen von dem Menschen. Es ist das *Recht* dieser Absonderung, das Recht des *beschränkten,* auf sich beschränkten Individuums.

Die praktische Nutzanwendung des Menschenrechts der Freiheit ist das Menschenrecht des *Privateigentums.*

Worin besteht das Menschenrecht des Privateigentums?

Art. 16. (Const. de 1793): »Le droit de *propriété* est celui qui appartient à tout citoyen de jouir et de disposer *à son gré* de ses biens, de ses revenus, du fruit de son travail et de son industrie.«

Das Menschenrecht des Privateigentums ist also das Recht, willkürlich (à son gré), ohne Beziehung auf andere Menschen, unabhängig von der Gesellschaft, sein Vermögen zu genießen und über dasselbe zu disponieren, das Recht des Eigennutzes. Jene individuelle Freiheit, wie diese Nutzanwendung derselben, bilden die Grundlage der bürgerlichen Gesellschaft. Sie läßt jeden Menschen im anderen Menschen nicht die *Verwirklichung,* sondern vielmehr die *Schranke* seiner Freiheit finden. Sie proklamiert vor allem aber das Menschenrecht, »de jouir et de disposer *à son gré* de ses biens, de ses revenus, du fruit de son travail et de son industrie.«

Es bleiben noch die anderen Menschenrechte, die égalité und die sûreté.

Die égalité, hier in ihrer nichtpolitischen Bedeutung, ist nichts als die Gleichheit der oben beschriebenen *liberté,* nämlich: daß jeder Mensch gleichmäßig als solche auf sich ruhende Monade betrachtet wird. Die Const. von 1795 bestimmt den Begriff dieser Gleichheit, ihrer Bedeutung angemessen, dahin:

Art. 3. (Const. de 1795): »L'égalité consiste en ce que la loi est la même pour tous, soit qu'elle protège, soit qu'elle punisse.«

Und die sûreté?

Art. 8. (Const. de 1793): »La sûreté consiste dans la protection accordée par la société à chacun de ses membres pour la conservation de sa personne, de ses droits et de ses propriétés.«

Die *Sicherheit* ist der höchste soziale Begriff der bürgerlichen Gesellschaft, der Begriff der *Polizei,* daß die ganze Gesellschaft nur da ist, um jedem ihrer Glieder die Erhaltung seiner Person, seiner Rechte und seines Eigentums zu garantieren. Hegel nennt in diesem Sinn die bürgerliche Gesellschaft »den Not- und Verstandesstaat«.

Durch den Begriff der Sicherheit erhebt sich die bürgerliche Gesellschaft nicht über ihren Egoismus. Die Sicherheit ist vielmehr die *Versicherung* des Egoismus.

Keines der sogenannten Menschenrechte geht also über den egoistischen Menschen hinaus, über den Menschen, wie er Mitglied der bürgerlichen Gesellschaft, nämlich auf sich, auf sein Privatinteresse und seine Privatwillkür zurückgezogenes und vom Gemeinwesen abgesondertes Individuum ist. Weit entfernt, daß der Mensch in ihnen als Gattungswesen aufgefaßt wurde, erscheint vielmehr das Gattungsleben selbst, die Gesellschaft, als ein den Individuen äußerlicher Rahmen, als Beschränkung ihrer ursprünglichen Selbständigkeit. Das einzige Band, das sie zusammenhält, ist die Naturnotwendigkeit, das Bedürfnis und das Privatinteresse, die Konservation ihres Eigentums und ihrer egoistischen Person.

Es ist schon rätselhaft, daß ein Volk, welches eben beginnt, sich zu befreien, alle Barrieren zwischen den verschiedenen Volksgliedern niederzureißen, ein politisches Gemeinwesen zu gründen, daß ein solches Volk die Berechtigung des egoistischen, vom Mitmenschen und vom Gemeinwesen abgesonderten Menschen feierlich proklamiert (Décl. de 1791), ja diese Proklamation in einem Augenblicke wiederholt, wo die heroischste Hingebung allein die Nation retten kann und daher gebieterisch verlangt wird, in einem Augenblicke, wo die Aufopferung aller Interessen der bürgerlichen Gesellschaft zur Tagesordnung erhoben und der Egoismus als ein Verbrechen bestraft werden muß. (Décl. des droits de l'homme etc., de 1793.) Noch rätselhafter wird diese Tatsache, wenn wir sehen, daß das Staatsbürgertum, das *politische Gemeinwesen* von den politischen Emanzipatoren sogar zum bloßen *Mittel* für die Erhaltung dieser sogenannten Menschenrechte herabgesetzt, daß also der citoyen zum Diener des egoistischen homme erklärt, die Sphäre, in welcher der Mensch sich als Gemeinwesen verhält, unter die Sphäre, in welcher er sich als Teilwesen verhält, degradiert, endlich nicht der Mensch als citoyen, sondern der Mensch als bourgeois für den *eigentlichen* und *wahren* Menschen genommen wird.

»Le *but* de toute *association politique* est la *conservation* des droits naturels et imprescriptibles de l'homme.« (Décl. des droits etc. de 1791 art. 2.) »Le *gouvernement* est institué pour garantir à l'homme la jouissance de ses droits naturels et imprescriptibles.« (Décl. etc. de 1793 art. 1.) Also selbst in den Momenten seines noch jugendfrischen und durch den Drang der Umstände auf die Spitze getriebenen Enthusiasmus erklärt sich das politische Leben für ein bloßes *Mittel*, dessen Zweck das Leben der bürgerlichen Gesellschaft ist. Zwar steht seine revolutionäre Praxis in flagrantem Widerspruch mit seiner Theorie. Während z. B. die Sicherheit als ein Menschenrecht erklärt wird, wird die Verletzung des Briefgeheimnisses öffentlich auf die Tagesordnung gesetzt. Während die »liberté *indéfinie* de la presse« (Const. de 1793 art. 122) als Konsequenz des Menschenrechts der individuellen Freiheit, garantiert wird, wird die Preßfreiheit vollständig vernichtet, denn »la liberté de la presse ne doit pas être permise lorsqu'elle compromet la liberté publique« (Robespierre jeune, hist.

parlem. de la rev. franç. par Buchez et Roux, T. 28 p. 159), d. h. also: das Menschenrecht der Freiheit hört auf, ein Recht zu sein, sobald es mit dem *politischen* Leben in Konflikt tritt, während der Theorie nach das politische Leben nur die Garantie der Menschenrechte, der Rechte des individuellen Menschen ist, also aufgegeben werden muß, sobald es seinem *Zwecke*, diesen Menschenrechten widerspricht. Aber die Praxis ist nur die Ausnahme, und die Theorie ist die Regel. Will man aber selbst die revolutionäre Praxis als die richtige Stellung des Verhältnisses betrachten, so bleibt immer noch das Rätsel zu lösen, warum im Bewußtsein der politischen Emanzipatoren das Verhältnis auf den Kopf gestellt ist und der Zweck als Mittel, das Mittel als Zweck erscheint. Diese optische Täuschung ihres Bewußtseins wäre immer noch dasselbe Rätsel, obgleich dann ein psychologisches, ein theoretisches Rätsel.

Das Rätsel löst sich einfach.

Die politische Emanzipation ist zugleich die *Auflösung* der alten Gesellschaft, auf welcher das dem Volk entfremdete Staatswesen, die Herrschermacht, ruht. Die politische Revolution ist die Revolution der bürgerlichen Gesellschaft. Welches war der Charakter der alten Gesellschaft? Ein Wort charakterisiert sie. Die *Feudalität*. Die alte bürgerliche Gesellschaft hatte *unmittelbar* einen *politischen* Charakter, d. h. die Elemente des bürgerlichen Lebens, wie z. B. der Besitz oder die Familie oder die Art und Weise der Arbeit, waren in der Form der Grundherrlichkeit, des Standes und der Korporation zu Elementen des Staatslebens erhoben. Sie bestimmten in dieser Form das Verhältnis des einzelnen Individuums zum *Staatsganzen*, d. h. sein *politisches* Verhältnis, d. h. sein Verhältnis der Trennung und Ausschließung von den anderen Bestandteilen der Gesellschaft. Denn jene Organisation des Volkslebens erhob den Besitz oder die Arbeit nicht zu sozialen Elementen, sondern vollendete vielmehr ihre *Trennung* von dem Staatsganzen und konstituierte sie zu *besonderen* Gesellschaften in der Gesellschaft. So waren indes immer noch die Lebensfunktionen und Lebensbedingungen der bürgerlichen Gesellschaft politisch, wenn auch politisch im Sinne der Feudalität, d. h. sie schlossen das Individuum vom Staatsganzen ab, sie verwandelten das *besondere* Verhältnis seiner Korporation zum Staatsganzen in sein eigenes allgemeines Verhältnis zum Volksleben, wie seine bestimmte bürgerliche Tätigkeit und Situation in seine allgemeine Tätigkeit und Situation. Als Konsequenz dieser Organisation erscheint notwendig die Staatseinheit, wie das Bewußtsein, der Wille und die Tätigkeit der Staatseinheit, die allgemeine Staatsmacht, ebenfalls als *besondere* Angelegenheit eines von dem Volke abgeschiedenen Herrschers und seiner Diener.

Die politische Revolution, welche diese Herrschermacht stürzte und die Staatsangelegenheiten zu Volksangelegenheiten erhob, welche den politischen Staat als *allgemeine* Angelegenheit, d. h. als wirklichen Staat konstituierte, zerschlug notwendig alle Stände, Korporationen, Innungen, Privilegien, die ebenso viele Ausdrücke der Trennung des Volkes von seinem Gemeinwesen waren. Die politische Revolution *hob* damit den *politischen Charakter der bürgerlichen Gesellschaft auf*. Sie zerschlug die bürgerliche Gesellschaft in ihre einfachen Bestandteile, einerseits in die *Individuen*, andererseits in die *materiellen* und *geistigen Elemente*, welche den Lebensinhalt, die bürgerliche Situation dieser Individuen bilden. Sie entfesselte den politischen Geist, der gleichsam in die verschiedenen Sackgassen der feudalen Gesellschaft zerteilt, zerlegt, zerlaufen war; sie sammelte ihn aus dieser Zerstreuung, sie befreite ihn von seiner Vermischung mit dem bürgerlichen Leben und konstituierte ihn als die Sphäre des Gemeinwesens, der *allgemeinen* Volksangelegenheit in idealer Unabhängigkeit von jenen *besonderen* Elementen des bürgerlichen Lebens. Die *bestimmte* Lebenstätigkeit und die bestimmte Lebenssituation sanken zu einer nur individuellen Bedeutung herab. Sie bildeten nicht mehr das allgemeine Verhältnis des Individuums zum Staatsganzen. Die öffentliche Angelegenheit als solche ward vielmehr zur allgemeinen Angelegenheit jedes Individuums und die politische Funktion zu seiner allgemeinen Funktion.

Allein die Vollendung des Idealismus des Staats war zugleich die Vollendung des Materialismus der bürgerlichen Gesellschaft. Die Abschüttlung des politischen Jochs war zugleich die Abschüttlung der Bande, welche den egoistischen Geist der bürgerlichen Gesellschaft gefesselt hielten. Die politische Emanzipation war zugleich die Emanzipation der bürgerlichen Gesellschaft von der Politik, von dem *Schein* selbst eines allgemeinen Inhalts.

Die feudale Gesellschaft war aufgelöst in ihren Grund, in den *Menschen.* Aber in den Menschen, wie er wirklich ihr Grund war, in den *egoistischen* Menschen.

Dieser *Mensch,* das Mitglied der bürgerlichen Gesellschaft ist nun die Basis, die Voraussetzung des *politischen* Staats. Er ist von ihm als solche anerkannt in den Menschenrechten.

Die Freiheit des egoistischen Menschen und die Anerkennung dieser Freiheit ist aber vielmehr die Anerkennung der *zügellosen* Bewegung der geistigen und materiellen Elemente, welche seinen Lebensinhalt bilden.

Der Mensch wurde daher nicht von der Religion befreit, er erhielt die Religionsfreiheit. Er wurde nicht vom Eigentum befreit. Er erhielt die Freiheit des Eigentums. Er wurde nicht von dem Egoismus des Gewerbes befreit, er erhielt die Gewerbefreiheit.

Die *Konstitution des politischen Staats* und die Auflösung der bürgerlichen Gesellschaft in die unabhängigen *Individuen* – deren Verhältnis das *Recht* ist, wie das Verhältnis der Standes- und Innungsmenschen das *Privilegium* war – vollzieht sich in *einem und demselben Akte.* Der Mensch, wie er Mitglied der bürgerlichen Gesellschaft ist, der *unpolitische* Mensch, erscheint aber notwendig als der *natürliche* Mensch. Die *droits de l'homme* erscheinen als *droits naturels*, denn die *selbstbewußte Tätigkeit* konzentriert sich auf den *politischen Akt*. Der *egoistische* Mensch ist das *passive*, nur *vorgefundene* Resultat der aufgelösten Gesellschaft, Gegenstand der *unmittelbaren Gewißheit*, also *natürlicher* Gegenstand. Die *politische Revolution* löst das bürgerliche Leben in seine Bestandteile auf, ohne diese Bestandteile selbst zu *revolutionieren* und der Kritik zu unterwerfen. Sie verhält sich zur bürgerlichen Gesellschaft, zur Welt der Bedürfnisse, der Arbeit, der Privatinteressen, des Privatrechts, als zur *Grundlage ihres Bestehens*, als zu einer nicht weiter begründeten *Voraussetzung*, daher als zu ihrer *Naturbasis*. Endlich gilt der Mensch, wie er Mitglied der bürgerlichen Gesellschaft ist, für den *eigentlichen* Menschen, für den *homme* im Unterschied von dem *citoyen*, weil er der Mensch in seiner sinnlichen individuellen *nächsten* Existenz ist, während der *politische* Mensch nur der abstrahierte, künstliche Mensch ist, der Mensch als eine *allegorische, moralische* Person. Der wirkliche Mensch ist erst in der Gestalt des *egoistischen* Individuums, der *wahre* Mensch erst in der Gestalt des *abstrakten citoyen* anerkannt.

Die Abstraktion des politischen Menschen schildert Rousseau richtig also:

»Celui qui ose entreprendre d'instituer un peuple doit se sentir en état de *changer* pour ainsi dire la *nature humaine*, de *transformer* chaque individu, qui par lui-même est un tout parfait et solitaire, en *partie* d'un plus grand tout dont cet individu reçoive en quelque sorte sa vie et son être, de substituer une *existence partielle* et *morale* à l'existence physique et indépendante. Il faut qu'il ôte à *l'homme ses forces propres* pour lui en donner qui lui soient étrangères et dont il ne puisse faire usage sans le secours d'autrui.« (Cont. Soc. liv. II, Londr. 1782, p. 67.)

Alle Emanzipation ist *Zurückführung* der menschlichen Welt, der Verhältnisse, auf den *Menschen selbst.*

Die politische Emanzipation ist die Reduktion des Menschen, einerseits auf das Mitglied der bürgerlichen Gesellschaft, auf das *egoistische unabhängige* Individuum, andererseits auf den *Staatsbürger*, auf die moralische Person.

Erst wenn der wirkliche individuelle Mensch den abstrakten Staatsbürger in sich zurücknimmt und als individueller Mensch in seinem empirischen Leben, in seiner individuellen Arbeit, in seinen individuellen Verhältnissen, *Gattungswesen* geworden ist, erst wenn der Mensch seine »forces propres« als *gesellschaftliche* Kräfte erkannt und organisiert hat und daher die gesellschaftliche Kraft nicht mehr in der Gestalt der *politischen* Kraft von sich trennt, erst dann ist die menschliche Emanzipation vollbracht.

STEPHEN GREENBLATT

Marlowe, Marx und Antisemitismus

Eine verrückte Vorstellung: Barabas, Marlowes *Jude von Malta,* hätte zwei Kinder gehabt. Abigail, die Älteste, getrieben von der abscheulichen Entdeckung, daß der eigene Vater ihren Freier, einen Christen, in den Tod geschickt hat, konvertierte zum Christentum und trat in ein Kloster ein. Auch das zweite Kind, ein Sohn, war ein Abtrünniger; er verfaßte ein aggressiv antisemitisches Pamphlet, in dem er die Religion seines Vaters ihrem Wesen nach dem Schacher gleichsetzte: Beider Grundlage sei der Eigennutz und das Geld ihr eifersüchtiger Gott. Das Pamphlet schloß mit dem Aufruf an die Menschheit, sich vom Judentum zu emanzipieren; dennoch ist der Sohn weder zum Christentum übergetreten noch hat er sich um Assimilation bemüht. Im Gegenteil, er bestand darauf, die gehaßte Religion des Vaters sei nichts anderes als der praktische Kern des seiner spirituellen Mystifikationen entkleideten Christentums. Soviel sie sich zugute hielten auf ihre Überlegenheit über die Juden, in ihrem alltäglichen Leben verhielten sich Christen nicht anders als Juden: Sie vergötterten das Geld, folgten nur ihrem Eigennutz, kauften und verkauften Menschen, als seien sie Waren, soundsoviel Pfund Fleisch. Der Name des Sohns ist, selbstverständlich, Karl Marx.

Ziel dieser Studie ist es, Marlowes *Der Jude von Malta* im Licht von Marx' Streitschrift *Zur Judenfrage* zu lesen.[1] Eine verrückte Vorstellung: Ein solches Unterfangen scheint weder einleuchtend noch verspricht es, sonderlich ertragreich zu werden. Gab es doch zur Zeit Marlowes in England keine Judenfrage; es gab dort kaum Juden damals.[2] Und niemand im elisabethanischen Zeitalter hätte Begriffe wie bürgerliche Gesellschaft, Menschenrechte, der politische Staat, Bürgerrechte – zentrale Begriffe für Marx – verstanden. Genausowenig hätte man Marx' Leitidee – politische Emanzipation sei mit menschlicher Emanzipation nicht gleichzusetzen – verstanden in einem Zeitalter, das eine Vorstellung von Politik im modernen Sinne noch kaum entwickelt hatte, geschweige denn den Traum, die Menschheit könne sich eines Tages von Staat und Religion befreien. Die Argumentation in *Zur Judenfrage* ist beeinflußt von der Aufklärung, der Amerikanischen und der Französischen Revolution, von Feuerbachs Religionskritik und von der Entwicklung des Kapitalismus. Entstanden ist der Aufsatz als Kritik an Bruno Bauers Schriften *Die Judenfrage* und *Die Fähigkeit der heutigen Juden und Christen, frei zu werden;* er ist somit geprägt von der besonderen historischen Situation der ahkenasischen Juden im Deutschland des 19. Jahrhunderts. Marx' Rhetorik ist gefärbt sowohl von der neuzeitlich virulenten Form des populären Antisemitismus wie auch von der schwierigen Beziehung des Autors zur Religion seiner Väter.[3]

Und dennoch hat der Aufsatz von Marx etwas zu tun mit Marlowes *Juden von Malta;* setzen wir beide Texte in Beziehung zueinander, dann werden wir das Verhältnis beider Autoren zur Ideologie besser verstehen und darüber hinaus auf fruchtbare Fragen zur marxistischen Literaturinterpretation stoßen. Beide Texte verwenden die Figur des verräterischen Juden. Daraus ergibt sich die Möglichkeit, eine tragfähige Verbindung herzustellen zwischen dem Denken der Renaissance und dem der Moderne, denn trotz der großen Unterschiede, auf die ich gerade hingewiesen habe, ist jener gemeinsame Bezug weder zufällig noch besonders merkwürdig. *Zur Judenfrage* zeigt vielmehr, wie sich eine Vorstellung, genauer: eine Trope des 16. im 19. Jahrhundert entwickelt hat. Marlowe und Marx benutzen die Figur des Juden als rhetorisches Instrument, das eindrucksvoll genug ist, den tiefverwurzelten Volkshaß in eine bestimmte Richtung zu lenken und sein wahres Objekt klar zu kennzeichnen. Den Juden wird nicht rassische Devianz oder Gottlosigkeit vorgeworfen, sondern ein ökonomisches und soziales Verbrechen, ein Verbrechen, begangen nicht so sehr *gegen* die herrschende christliche Gesellschaft als vielmehr, wenn auch in einer weniger »reinen« Form, *durch* diese Gesellschaft. Beide Autoren hoffen, die Aufmerksamkeit auf Handlungsweisen lenken zu können, die als fremd und zugleich doch als bestimmend für das Leben der Gemeinschaft betrachtet werden; und sie hoffen, die antisemitischen Emotionen der Leser gegen diese Handlungsweisen zu lenken. In beiden Texten geht es im Grunde gar nicht um die Juden und ihre wirkliche historisch-gesellschaftliche Lage, oder dies nur, insofern die Juden Furcht und Abscheu der christlichen Volksmassen erregen. Es ist dieser direkte Zugriff auf die Psychologie der Massen mittels einer halbmythischen Gestalt, die in der Volksphantasie mit Wucher, Rücksichtslosigkeit und skrupelloser List verbunden wird, den beide Autoren, der Dramatiker des 16. und der Polemiker des 19. Jahrhunderts, suchen.[4]

Die Geschichte des 20. Jahrhunderts hat auf schockierende Weise gezeigt, wie tragisch fehlgeleitet diese rhetorische Strategie war, wie gründlich sie Irrationalität, Objektfixierung und Beharrlichkeit des Antisemitismus unterschätzte. Gespeist aus volkstümlichen Vorurteilen und aus dem Ressentiment der Mittelklassen, bestätigt durch die andauernde Komplizenschaft von Kirche und Staat, die Stellung der Juden im europäischen Wirtschaftssystem und die vielfältigen religiösen und kulturellen Schranken, war der christliche Judenhaß so leicht nicht umzulenken gegen eine bestimmte Struktur ökonomischer und gesellschaftlicher Verhältnisse oder gegen eine Mentalität, die rassische oder religiöse Grenzen durchaus ignoriert, aber dennoch gegen die Gemeinschaft der Juden eine mörderische Wut entfachen konnte. Es ist aberwitzig, ein Volk als rhetorische Figur zu instrumentalisieren, oder ein grassierendes Vorurteil als Triebkraft konstruktiver Veränderungen, ja sogar moralischer Aufklärung in Anspruch nehmen zu wollen. Gewiß, im nachhinein ist man leicht klüger, und man kann sogar zugeben, daß es die besten Absichten waren, welche die Autoren dazu veranlaßten, die Figur des Juden zu instrumentalisieren. Dennoch dürfen wir darüber nicht hinwegsehen, daß etwas Degoutantes, Unverzeihliches mit beiden Werken verbunden ist. Ihr Wesen wird, wie die Hand eines Färbers, von den Mitteln durchtränkt, mit denen sie arbeiten; sie sind, davon lasse ich mich nicht abbringen, durchdrungen vom Schmutz der dunklen Kräfte, die sie sich zunutze zu machen versuchen; sie werden zum Werkzeug dessen, was sie selbst benutzen wollen. Aber dies zuzugeben – und es ist unumgänglich, wenn wir die moralische Orientierung nicht verlieren und vor den Greueltaten unserer Geschichte die Augen nicht verschließen wollen –, heißt noch nicht, diesen Vorgang zu verstehen. Dies können wir erst, wenn wir dem geduldig nachgehen, was ich die gemeinsame rhetorische Strategie im *Juden von Malta* und in der *Judenfrage* genannt habe.

Beginnen möchte ich mit einem kurzen Blick auf eine berühmte Darstellung des jüdischen Stereotyps, die sich allerdings scharf von Marlowe und Marx abgrenzen läßt. *Der Kaufmann von Venedig* ist um eine Reihe entscheidender struktureller Widersprüche aufgebaut: Altes Recht gegen Neues Recht, Gerechtigkeit gegen Gnade, Rache gegen Liebe, Berechnung gegen Leichtsinn, Sparsamkeit gegen Verschwendungssucht. Diese sind alle auf den für das Stück zentralen Widerspruch zwischen Juden und Nichtjuden gerichtet, genauer: auf den Widerspruch zwischen jüdischer Geldwirtschaft und nichtjüdischem Merkantilismus.[5] Der Nutzen eines Shylock – und der Juden überhaupt – für das damalige

Wirtschaftssystem liegt darin, daß er über flüssige Mittel verfügt, über Kapitalien, die er, schon um zu überleben, aktiv einsetzen muß.[6] Waren die christlichen Kaufleute in den norditalienischen Stadtstaaten ökonomisch schwach, so waren in der Regel die jüdischen Geldverleiher stark; in Venedig, das hat Brian Pullan gezeigt, haben die Kaufleute alles darangesetzt, die Macht der jüdischen Geldleiher zu brechen, indem sie die Monte di Caritá, christliche Leihhäuser, gründeten, welche jüdische »Billig-Konditionen« unterlaufen sollten, indem sie zinsfreien Kredit anboten.[7] Dies scheint sich niedergeschlagen zu haben im Haß, mit dem Shylock und Antonio einander begegnen, und den Antonio zu erklären weiß: »Oft hab ich Schuldner von ihm freigekauft, / Die mir ihr Leid klagten.« *(Fried, S. 475)*[8]

So wie Shylock Antonio gegenübergestellt wird, im Sinn der Opposition Geldwirtschaft contra Merkantilismus, so steht er auch Portia gegenüber, aus Gründen, die in der Stellung der Juden im Wirtschaftssystem des frühneuzeitlichen Europa liegen. Wie Jacob Katz festgestellt hat, schloß die kontinuierliche Nutzanwendung des Kapitals aus, es in immobilem Besitz festzulegen. Das Gesetz erlaubte den Juden nicht, Land zu erwerben, und die Juden versuchten ihrerseits nicht, sich eine solche Erlaubnis zu sichern:

»Landbesitz schien dem normalen, reich gewordenen Bürger erstrebenswert, weil er das Gefühl von Stabilität und ökonomischer Sicherheit verlieh, und auch wegen des damit verbundenen gesellschaftlichen Ansehens. In seiner besonderen Lage mochte der Jude beidem keine große Wichtigkeit beimessen. Er konnte nicht hoffen, seinen Reichtum an einem Ort kontinuierlich zu erhalten, noch suchte er eine Nische in der herrschenden gesellschaftlichen und wirtschaftlichen Hierarchie. Die ökonomische Bindung des Juden an seine Umgebung war rein zweckgebunden.«[9]

Vor allem durch Shylocks Wucher wird in Shakespeares Schauspiel auf diesen ökonomischen Zusammenhang hingewiesen, er zeigt sich aber auch darin, daß Shylock am Leben der venezianischen Gesellschaft nicht teilnimmt, an seinem kalten und leeren Haus, an so beiläufigen, aber bedeutsamen Hinweisen wie seiner Ablehnung von Maskeraden – »Was! Maskeraden? . . . / Sperr meine Tür zu. Wenn du Trommeln hörst / und der Querpfeifen widerwärtiges Quieken . . . / Laß nicht den Laut der Dummheit dringen in mein / nüchtern Haus.« (*Fried*, S. 458) Mit Portia verhält es sich anders. Zwar verfügt auch sie über reichlich flüssige Mittel, von einem Augenblick zum andern kann sie Antonio genügend Gold anbieten, um »zwanzigfach die kleine Schuld« (*Fried*, S. 474) von 3000 Dukaten zu bezahlen. Aber alles, was ihr in diesem Stück besondere Bedeutung verleiht, hängt zusammen mit ihrem Haus in Belmont und dem, was es repräsentiert, mit dem sternüberglänzten Garten, der bezaubernden Musik, der Gastfreundschaft und dem gesellschaftlichen Ansehen. Mit anderen Worten, auch ihre ökonomische Einbindung in ihre Umgebung ist gerade nicht instrumenteller Natur, ihre Welt ist kein Feld profitabler Unternehmungen, sondern ein lebendiges Gewebe erhabener Werte und moralischer Ordnung.

Gegenspieler zu dieser Welt ebenso wie zu jener der christlichen Kaufleute in Venedig ist Shylock. Er ist der »Unmensch«, der »Schweinehund«, eine »Art Teufel«, kurz der »ungläubige Jude«. Noch nicht einmal die Sprache, die er gemeinsam hat mit den christlichen Venezianern, vermag beide zu verbinden; selbst wenn er die gleichen Worte verwendet, verwendet er sie in einem ganz anderen Sinn:

SHYLOCK: Antonio ist ein guter Mann.
BASSANIO: Habt Ihr irgendeine Anschuldigung gegen ihn gehört?
SHYLOCK: Ach nein, nein, nein, nein: Wenn ich sage, er ist ein guter Mann, so sollt Ihr mich verstehen: das heißt, er ist mir gut dafür. Allerdings seine Guthaben sind nicht greifbar . . .
(Fried, S. 447)

Noch so ein harmloses Wort wie »guter Mann« muß Shylock erläutern, so wie er im Verlauf des Dramas gezwungen sein wird zu erklären, warum er gegen alle Vernunft und alles

Selbstinteresse auf seinem Schuldschein beharrt: Er ist der Andere, nicht nur aus religiösen Gründen, auch seiner Sprache, seiner Psyche und seines Ethos wegen. Natürlich beruft er sich hin und wieder auf seine Gleichheit – »Ich bin ein Jud. Hat nicht ein Jud Augen?« (*Fried*, S. 467) –, und diese humane Gleichheit bildet die dunkle Unterströmung des Dramas, eine verborgene Schuld andeutend, was aber niemand wirklich anerkennen kann, auch nicht die Zuschauer. Denn gerade wenn Shakespeare solche unausgesprochenen Verbindungen zwischen Juden und Nichtjuden nahelegt, zwingt er das Publikum, die beunruhigende Wahrnehmung der Gleichheit zu verwandeln in die beruhigende des Andersseins. Tatsächlich scheint der Jude das abstrakte Prinzip des Andersseins zu verkörpern, das Prinzip, auf welches Shylock sich beruft, wenn der Doge nach einer Erklärung seiner Verstocktheit verlangt:

Manche Männer,
die mögen nicht ein Schwein mit offnem Maul!
Manche sind wild beim Anblick einer Katze!
Und manche können, wenn der Dudelsack
pfeift durch die Nase, ihren Harn nicht halten...
(Fried, S. 481)

Das wären grillenhafte Einfälle, bestenfalls noch allegorisch zu nehmen, spräche hier nicht Shylock, das Messer in der Hand. So läßt diese Rede Impulse erkennen, die der Vernunft und dem Glauben nicht mehr zugänglich sind; sie verkörpern, was der Verstand, darauf bedacht, das Anderssein kategorisch scharf einzugrenzen, *Wahnsinn* nennt.

Die Tragödie des *Juden von Malta* entfaltet sich aus einer ähnlich prinzipiellen Gebärde der Abgrenzung, die auch den *Kaufmann von Venedig* bestimmt. Marlowes Jude wird durch einen Prolog, den Machiavel spricht, vorgestellt als einer, der »lächelnd sieht, wie seine Beutel strotzen von Geld«; schon bei seinem ersten Auftritt also eilt ihm der Ruch der Schändlichkeit voraus, und er ist bereits »gebrandmarkt«. Auch wenn Marlowe diese antisemitische Typisierung durchhält, so weist er doch gleich in der Eröffnungsszene auch darauf hin, daß der Jude nicht die Ausnahme, sondern der eher durchschnittliche Vertreter seiner Gesellschaft ist. Selbst wenn Barabas sich mit einer Lobrede auf das flüssige Geld vorstellt, ist er nicht primär ein Wucherer, der sich durch seinen verhaßten Beruf von der Gemeinschaft absondert, sondern ein erfolgreicher Kaufmann, der seine Frachtschiffe um die Welt schickt, gerade so wie es Shakespeares allseits beliebter Antonio tut. Sein Streben nach Reichtum brandmarkt ihn nicht, sondern stellt ihn – und zwar als durchaus respektabel – mitten in den Kreis all der anderen handelnden Figuren des Stücks, als da sind: die Türken, die Christen Tributzahlungen abpressen, die Christen, die den Juden Geld abnehmen, die Klöster, die davon profitieren, und religiöse Orden, die um wohlhabende Bekehrte wetteifern, nicht zuletzt die Prostituierte, die ihren Geschäften nachgeht wie der Erpresser den seinen. Als der Gouverneur von Malta den türkischen »Pascha« fragt: »Was für ein Wind bringt euch in Maltas Straße?« antwortet der in aller Offenheit: »Der Wind, der auch die ganze Welt bewegt: / die Sucht nach Gold.« Diese Sucht, die Barabas im ersten Akt so wortgewaltig zum Ausdruck bringt, und die er lebhaft ausagiert in der Szene, in der er seine Geldsäcke liebkost, ist das innere Feuer eben der Leidenschaft, die alle Charaktere des Stücks verzehrt. Sicherlich finden auch andere Werte ihren Ausdruck: Liebe, Treue und Ehre. Aber in den persönlichen Beziehungen zeigt sich ihre hoffnungslose Brüchigkeit, und im öffentlichen Leben entpuppen sie sich als Masken, hinter denen die eigentlichen, ökonomischen Triebkräfte lauern. So werden Abigail, Don Mathias und die Nonnen ungeniert aus dem Weg geräumt, wobei die Zuschauer in die Rolle lachender Komplizen geraten. (Das Publikum tobte vor Vergnügen, als, von der Royal

Shakespeare Company 1964 brillant in Szene gesetzt, die vergifteten Nonnen aus dem Haus herauspurzelten.)[10] Die öffentliche Beschwörung christlicher Ethik oder ritterlicher Ehre bringt Marlowe immer mit niederen Beweggründen in Zusammenhang. Mit Barabas' »Erbsünde« befassen die Ritter sich erst in der Predigt, mit der sie ihn zur Aufgabe seines Eigentums bewegen wollen. Und der Entschluß, den »ungläubig-barbarischen Türken« Widerstand zu leisten, erleichtert es ungemein, eine ganze Schiffsladung türkischer Gefangener als Sklaven zu verkaufen. Religiöse und politische Anschauungen, die auf den ersten Blick dem Helden gegenüber christliches Verhalten zu bewirken scheinen, tun nichts weniger als das: zu eindeutig sind sie der Profitmaxime untergeordnet. Mit den Worten von Marx: Sowohl der religiöse wie der politische Staat gründen auf der bürgerlichen Gesellschaft, die allein vom Gewinnstreben beherrscht ist.

Weil er das Geld über alles stellt, ist Barabas, trotz der Verachtung, mit der er überhäuft wird, die eigentliche Triebkraft des Stücks, begabt mit der größten Energie und Erfindungskraft. Ein Opfer im Spiel der politischen und religiösen Macht, ist er der eigentlich Emanzipierte, betrachtet man die bürgerliche Gesellschaft, »emanzipiert« in Marxens geringschätzigen Worten:

> Der Jude hat sich auf jüdische Weise emanzipiert, nicht nur indem er sich die Geldmacht angeeignet, sondern indem durch ihn und ohne ihn *das Geld zur Weltmacht* und der praktische Judengeist zum praktischen Geist der christlichen Völker geworden ist. Die Juden haben sich insoweit emanzipiert, als die Christen Juden geworden sind. *(1. 373)*

Barabas' Habgier, sein Egoismus und seine mörderische Verschlagenheit sowie das Doppelspiel, das er betreibt, bedeuten nicht, daß er aus der maltesischen Welt ausgeschlossen ist, sondern zeigen ihn in deren Zentrum. Sein »Judentum« ist, wieder in Marxens Worten, »ein allgemeines, *gegenwärtiges antisoziales* Element«. *(1. 372)*

Weder für Marlowe noch für Marx sind solche Feststellungen Anlaß, sich gegen die Judenhetze zu wenden, diese wird eher noch intensiviert, auch wenn die so erregte Feindseligkeit vor allem gegen die christliche Gesellschaft gerichtet wird. Entsprechend hat Marlowe den Antisemitismus an keiner Stelle in Mißkredit gebracht, wohl aber, zu Beginn des Stücks, »christliches« Gemeininteresse, das sich andernfalls wohl hätte wenden lassen gegen spezifisch jüdisches Eigeninteresse. Als der Gouverneur von Malta die Reichtümer der Juden mit der Begründung beschlagnahmen läßt, »Besser, es darbt für das Gemeinwohl *einer* / als daß um einetwillen viele leiden«, werden mit dem Neuen Testament halbwegs vertraute Zuschauer darin weniger den Nachklang von Christus' Worten vernehmen als vielmehr den von Äußerungen des Kaiphas und, einige Verse später, des Pilatus.[11] Es gibt gewiß Augenblicke sozialer Solidarität, etwa wenn sich die Juden um Barabas versammeln, um ihn zu trösten, oder wenn Ferneze und Katherine den Tod ihrer Söhne beweinen. Aber all das währt nicht lange und bleibt ohne Folgen. Das wahre Bild dieser Gesellschaft zeigt der Sklavenmarkt, der Ort, an dem »ein jeder den Preis auf seinem Rücken« trägt.[12] Dort sind die Menschen tatsächlich, wie Marx schrieb, veräußerlicht zu »verkäuflichen, der Knechtschaft des egoistischen Bedürfnisses, dem Schacher anheimgefallenen Gegenständen«. *(1.376)* Und so gelten dort keine religiösen oder politischen Beschränkungen mehr: der Jude kauft sich einen Türken auf dem christlichen Sklavenmarkt. So sieht der Siegeszug der bürgerlichen Gesellschaft aus.

Für Marlowe sowohl wie für Marx ist in einer Gesellschaft, die von der Macht des Geldes getrieben wird und dem Kauf und Verkauf von Sklaven sich widmet, Verachtung die herrschende Form der Welterfahrung; Verachtung, wie sie geweckt wird in den Betrachtern einer solchen Gesellschaft, und die genauso das Verhalten derjenigen bestimmt, die diese Gesellschaft ins Leben rufen und in ihr tätig sind. Es ist dies die Haltung, die Barabas immer einnimmt; sie ist fast so etwas wie sein Erkennungszeichen. Sein beißender Hohn entzündet sich nicht nur an Maltas christlichen Herrschern (»So also lernen Sklaven«, spottet er, als der geschlagene Gouverneur zur Unterwerfung gezwungen wird), sondern auch am Freier seiner Tochter (»Dieser Sklave sieht wie ein frisch rasierter Schweinerüssel aus«), an dieser selbst (»Geborn als Jüdin und wollt Christin werden. Cazzo! Diabolo!«), an seinem Sklaven Ithamore (»So läuft ein jeder Schuft dem Reichtum nach. – Und wird doch nie so reich wie er jetzt hofft«), an den Türken (»Der Schurke! Wie er sich über ihn noch lustig macht«, das beobachtet der Gouverneur, als Barabas den todgeweihten Calymath begrüßt), am Zuhälter Pilia-Borza (»der lumpig-ruppige, glotzende Sklave«), an seinen jüdischen Glaubensgenossen (»Seht nur die Einfalt dieser elenden Sklaven«), und, als er, ein böser Patzer, Gift allzusehr verdünnt verabreicht hatte, sogar an der eigenen Person (»Was war ich doch so knausrig!«). Gerade diese häufigen ›beiseite‹ gesprochenen Worte zeigen uns, daß er Verachtung fühlt, auch wenn er sie nicht offen äußert. Und die Wiederholungen der abfälligen Bezeichnung »Sklave« verweben die Verachtung fest im Beziehungsgeflecht des Stücks. Barabas' großzügige Benutzung dieser verächtlichen Bezeichnung – ob für Gouverneur oder Zuhälter – zeigt die ungeheure Dichte dieses Geflechts ebenso wie die komplizierte Reihe von Spiegelbildern: So wird das schmutzige Geschäft von Pilia-Borza auf »nationaler« – die Erpressung von Geldern der jüdischen Gemeinde – und »internationaler« Ebene – Erpressung der Schutzgelder durch die Türken – wiederholt. So, als würde das Stück das Urteil des Historikers Frederic Lane über die internationalen Beziehungen der Renaissance vorwegnehmen: glorifiziertes Gangstertum, weitläufig organisierte Erpressung von Schutzgeldern.[13]

Auf allen Ebenen der Gesellschaft und hinter jedem

schmutzigen Geschäft (diese erst ermöglichend) droht nackte Gewalt, auch in dieser Hinsicht wird Barabas' Mordlust sowohl als Charakterzug seines verfluchten Stamms gezeigt wie auch als Ausdruck einer allgemeinen Erscheinung. Die Figur mag überzeichnet sein – Barabas ist direkt oder indirekt verantwortlich für den Tod von Mathias, Lodowick, Abigail, Pilia-Borza, Bellamira, Ithamore, Bruder Jacomo, Bruder Barnardine sowie ungezählten vergifteten Nonnen und massakrierten Soldaten. Aber schließlich ist alles an Barabas überzeichnet: er hegt eine stärkere Verachtung als jeder andere, er ist listiger, zynischer, egoistischer und gieriger.

Nicht seine Art, wohl aber seine Intensität macht sein Anderssein aus; auf extreme, unvermittelte Weise folgt Barabas Motiven, die durch den religiösen Hokuspokus des Christentums fast unkenntlich wurden. Zwar kann die Figur des Barabas *in letzter Instanz* nicht erklärt werden durch seine Gesellschaft – eine derart soziologische Festlegung liegt Marlowe fern –, dennoch muß man sich unbedingt Klarheit verschaffen darüber, wie sehr dieser Jude das *Geschöpf* der ihn umgebenden christlichen Gesellschaft ist. Seine außergewöhnliche Tatkraft ändert nichts daran, daß er im Verlauf des Stücks passiv bleibt: Was immer er unternimmt, er *antwortet* auf Machenschaften anderer. Das Drama nimmt seinen Lauf mit der Beschlagnahmung seines Vermögens durch den Gouverneur, und mit jedem seiner Schachzüge reagiert Barabas auf etwas, was er als Provokation oder Drohung anderer wahrnimmt. Allein sein letzter – der Verrat an den Türken – scheint eine Ausnahme zu bilden, denn nun sitzt der Jude endlich am längeren Hebel. Aber selbst diese fatale Fehlkalkulation folgt einer im Grunde realistischen Einschätzung: »Doch Malta haßt mich, lechzt nach meinem Blut. / Was nützt dir, armer Barabas dein Amt, / wenn dich ihr Haß alsbald zum Tod verdammt?«

Seine Passivität läßt sich nur schwer damit vereinbaren,

daß Barabas das ganze Drama prägt, doch könnten wir uns auch in diesem Fall um eine Erklärung an Marx wenden:

»Das Judentum konnte keine neue Welt schaffen; es konnte nur die Weltschöpfungen und Weltverhältnisse in den Bereich seiner Betriebsamkeit ziehn, weil das praktische Bedürfnis, dessen Verstand der Eigennutz ist, sich passiv verhält und sich nicht beliebig erweitert, sondern sich erweitert *findet* mit der Fortentwicklung der gesellschaftlichen Zustände.« *(1. 376)*

Das Judentum wird mit dem Geist von Eigennutz und Selbstinteresse identifiziert, seine Erfolge aber werden dem Siegeszug des Christentums gutgeschrieben, unter dessen Herrschaft alle nationalen, natürlichen, sittlichen, theoretischen Verhältnisse »veräußerlicht« und entfremdet werden, womit sich »die Menschenwelt in eine Welt atomistischer, feindlich sich gegenüberstehender Individuen« auflöst. Emblematisch für diese Entfremdung steht in Marlowes Stück der Sklavenmarkt; ihr ideologischer Ausdruck ist der religiöse Chauvinismus, der Juden für von Natur aus sündig hält und Türken als barbarische Ungläubige betrachtet.

Der Jude von Malta endet mit einer wirkungsvoll ironischen Darstellung dieses »Seligkeitsegoismus« (um Marxens Bezeichnung aufzugreifen): Der Gouverneur feiert die verräterische Vernichtung von Barabas und zugleich die der türkischen Soldaten, indem er den fälligen Dank »nicht Glück noch Schicksal, nur dem Himmel droben« zollt. (Und die Zuschauer im National Theatre haben erwartungsgemäß schallend gelacht bei dieser heuchlerisch salbungsvollen Rede.) Aber wir müssen nicht bis zur Schlußszene warten, um christliches Sich-Entfremden beobachten zu können. Das nämliche zeigt sich, wie ich angedeutet habe, im Verlauf des gesamten Stücks und nirgends deutlicher als in der Figur des Barabas. Denn nicht nur seine Handlungen werden durch solche der Christen ausgelöst, auch sein Selbstbild ist geprägt durch Vorstellungen, wie Christen sie von jüdischer Identität hegen. Allerdings nicht durchgängig, denn mit seiner boshaften Parodie des Materialismus eines Hiob und mit der Darstellung von Barabas' wiederholter Beschwörung hebräischer Einzigartigkeit (»Diese Schweinefleisch essenden Christen« usw.) beruft sich Marlowe auch auf ein »angeborenes« Judentum. Nichtsdestoweniger sind Barabas' Selbstgefühl, seine charakteristischen Reaktionsweisen und seine Selbstdarstellung vor allem aus Versatzstücken gebildet, die der herrschenden christlichen Kultur entstammen. Am deutlichsten tritt das an seiner Sprache zutage, die gefügt ist aus unsentimentalen Aphorismen, zynischen Sprüchen und Maximen der Weltklugheit – das Arsenal der Bosheit seiner Gesellschaft, handlich verpackt. Während Shylock, wie wir gesehen haben, sich noch durch seinen alltäglichen Sprachgebrauch von den Christen absetzt, lebt Barabas aus dem Zentrum der Gesellschaft, deren Sprache das Stück uns vorführt als ein ganzes Gewebe solcher Aphorismen. Ganze Reden sind wenig mehr als eine Folge von Redensarten; Lebensregeln werden ausgetauscht, verdreht, als Waffen benutzt; die handelnden Personen verkörpern Sprichwörter, inszenieren sie sogar kunstvoll (mit vergleichbar manischer Energie wie die *Niederländischen Sprichwörter* von Breughel). Als Barabas, entschlossen, die Nonnen zu vergiften, nach dem Topf Reissuppe verlangt, trägt Ithamore das Verlangte samt Schöpflöffel herbei, denn, so erklärt er, das Sprichwort rate: »Wer mit dem Teufel ißt, braucht einen langen Löffel. Also hab ich Euch gleich den langen Löffel mitgebracht.«[14] Und während Barabas und Ithamore gemeinschaftlich den Mönch Barnardine erwürgen, der durch Abigails Beichte zum Mitwisser ihrer Verbrechen wurde, rechtfertigt sich der Jude: »Gib die Schuld nicht uns, sondern dem Sprichwort: Beichte und laß dich aufhängen!«

Gestanzte Redensarten zirkulieren im *Juden von Malta* als eine Art Zahlungsmittel, der gemünzte ideologische Reichtum der Gesellschaft. Ihre Bündigkeit entspricht der Konzentration materieller Reichtümer, die Barabas verherrlicht: »In einem kleinen Raum unendlicher Reichtum.« Barabas' eigener Vorrat solcher ideologischer Reichtümer umfaßt deren zynischste Exemplare, angehäuft zur freien Bedienung:

»Wen ehrt man, außer wegen seines Wohlstands?«
»*Ego mihimet sum semper proximus.* / Mir selber bin ich stets mein nächster Freund.«
»Wer denken will, der muß tief in sich suchen / und schlau schon angeln nach der Zeit, die kommt.«
». . . denn unsere höchste Not / kennt um der Rettung willen kein Gebot.«
»Vor manchem Mißtrauen schützt so ein [Nonnen]Schleier.«
»Nun will ich zeigen, daß ich von der Schlange / mehr als von der Taube hab, das heißt, mehr Schuft als Narr bin.«
». . . denn sie [die Christen] behaupten selbst, es sei ein Grundsatz / den Ketzern brauche man nicht Wort zu halten.«
»Denn wer in Amt und Würden lebt und weder / sich Freunde schafft, noch sich die Taschen füllt, / lebt wie der Esel, von dem Äsop spricht, / der eine schwere Ladung Brot und Wein schleppt / und sie vergißt und schnappt nach Distelköpfen.«
»Wenn ich nur leb, mag alle Welt verderben.«

Das ist nicht die exotische Sprache der Juden, sondern Erzeugnis der ganzen Gesellschaft, ihre alltäglich vertraute Erscheinung. Kennzeichnend für Sprichwörter ist deren Anonymität, und so hat ihr wiederholter Gebrauch durch Barabas dessen *Entindividualisierung* und Typisierung zur Folge. Das aber ist die Umkehrung des normalen dramatischen Vorgangs. Die Identität der meisten *Charaktere auf der Bühne* – und hierfür ist Shylock ein gutes Beispiel – verdeutlicht sich im Verlauf des Stücks; Barabas verliert die seine. So charakteristisch und einzigartig wie in der ersten Szene des Stücks zeigt er sich nie wieder:

»Geh, Mann, und sag, der Jude von Malta schickt dich. / Ach, wer von ihnen kennt nicht Barabas?«

Auch wenn er von sich selbst erzählt – Kranke will er ermordet haben und Brunnen vergiftet –, verliert er eher an Kontur und wird unwirklich, so daß er der abstrakten antisemitischen Vorstellung von der Vergangenheit eines Juden immer genauer entspricht. Die Entwicklung seiner Sprechweise, von der klangvollen Eloquenz der ersten Szenen zur knappen Ironie des Schlusses, von vielen Kritikern bemerkt, gehört zu Marlowes rhetorischem Entwurf. Es ist ein Weg, auf dem er die Figur des Barabas als das entfremdete Wesen der christlichen Gesellschaft enthüllt.

Auch der Ausschluß des Juden von der Ausübung politischer Macht stellt ihn nicht außerhalb des Bereichs der christlichen Gesellschaft. Vielmehr zeigt sich darin, wie Marx sagt, der Widerspruch von »der Politik und Geldmacht überhaupt« *(1. 374)*. Die Beziehung zwischen Barabas und der gesellschaftlichen Welt des Stücks ist treffender kaum zu fassen als in den aphoristischen Sätzen von Marx:

»Der Jude, der als ein besonderes Glied in der bürgerlichen Gesellschaft steht, ist nicht nur die besondere Erscheinung von dem Judentum der bürgerlichen Gesellschaft.

Das Judentum hat sich nicht trotz, sondern durch die Geschichte erhalten.

Aus ihren eigenen Eingeweiden erzeugt die bürgerliche Gesellschaft fortwährend den Juden.« *(1. 374)*

Mit diesen Aphorismen nähern wir uns dem eigentlichen Kern des *Juden von Malta,* näher dorthin wird uns Marx mit *Zur Judenfrage* nicht führen. Aber gerade hier sollten wir, denke ich, ein gewisses Unbehagen nicht übergehen, denn während Marx den Juden gern zusammenfallen ließe mit dem »Judentum der bürgerlichen Gesellschaft«, hält Marlowe gerade die Charakterzüge an Barabas fest, die ihn scharf und unaufhebbar von eben der Welt absondern, die ihn hervorgebracht hat, und deren Geist er zum Ausdruck bringt. Barabas seinerseits will zu keiner der gesellschaftlichen Gruppen gerechnet werden, zu Türken und Christen nicht, aber auch nicht zu den Juden:

»Nein, laßt sie kämpfen, siegen, alles töten,
nur mich schonen, mein Geld und meine Tochter«

Diese Haltung scheint nicht weiter überraschend; ist sie doch der Ausdruck jenes rücksichtslosen Egoismus, den die ganze Gesellschaft pflegt. Aber Barabas wird, so scheint es, von den anderen Personen des Stücks bewußt abgesetzt, insbesondere durch seine unbeirrbar kalte Weltsicht, seine offensichtliche Freiheit von jeder Ideologie. »Eine falsche Religion ist besser / als ungesehne Heuchelei«, belehrt er seine Tochter. Das Stück stellt diese Überzeugung wohl in Frage, zumindest hinsichtlich ihrer Bedeutung für das Überleben; der Gouverneur, der personifizierte »unerkannte Heuchler«, triumphiert schließlich über die »falsche Religion« des Juden. Aber Marlowe dient diese Unterscheidung dazu, die Sympathie des Publikums auf Barabas zu lenken; wer lügt und dabei weiß, daß er lügt, scheint sympathischer und auch moralischer zu sein, als derjenige, der lügend glaubt, die Wahrheit zu sagen.

Die ethische Begründung dieser feinen Unterscheidung hält einer Überprüfung wohl kaum stand, aber auf eben dieser Basis wird das Publikum zu Barabas' Komplizen. Und dieses Bündnis wird jedesmal bekräftigt, wenn Barabas, beiseite sprechend, das Publikum auf bösartig-komische Weise direkt anredet:

LODOWICK: Ach, sieh doch unsre Nonnen nicht so schief an!
BARABAS: Nein, nein. Ich seh sie nur voll Feuereifer, *(beiseite)* ich hoff ja, bald steck ich das Haus in Brand ...

Vor Jahren, in Neapel, wurde ich Zeuge, wie ein flinker Taschendieb eine Kamera aus der Schultertasche eines Touristen angelte und sie sofort durch einen Stein von gleichem Gewicht ersetzte. Als der Dieb gewahr wurde, daß ich ihn beobachtete, lief er nicht etwa fort, sondern zwinkerte mir zu, und ich erstarrte in stiller Mittäterschaft. Im *Juden von Malta* wird das im Theater übliche Schweigen der Zuschauer zu dem von Komplizen, mit denen der Täter in augenzwinkerndem Einverständnis steht. Auch ein solches Verhältnis folgt natürlich einer Konvention. Auf das Publikum übt der Jude eine Anziehungskraft aus, die vergleichbar ist mit der des ausgebeuteten, aber listigen Sklaven in einer klassischen römischen

Komödie, von dem, sooft er an den Abgrund der Katastrophe gerät, der rettende Einfall geradezu erwartet wird. Das Geheimnis der Unerschöpflichkeit solcher Figuren ist deren Wiederauferstehung im Gelächter; auch wenn auf Barabas ein viel dunkleres Ende wartet, wenigstens eine Wiederauferstehung ist ihm vergönnt: Als Leichnam über die Stadtmauer geworfen, springt der Totgeglaubte wieder auf, um seine dunklen Pläne energisch voranzutreiben. Es sind die Zuschauer, die hier, wie in anderen Szenen, gespannt darauf warten, daß Barabas sich erholt; weil sie *wollen*, daß er am Leben bleibt, identifizieren sie sich auch mit ihm.[15]

Außerdem räumt das Publikum Barabas bestimmte traditionelle Rechte ein, indem es ihm die privilegierte Rolle des Spötters und Satirikers zuweist, der mit satirischen Mitteln entlarvt. In *Zur Judenfrage* gibt es eine unausgesprochene, aber wesentliche Grenzlinie zwischen dem Autor, der außerhalb der von ihm aufgedeckten Sozialstruktur steht, und dem Juden, der ihr bezeichnendes Produkt ist. Bei Marlowe jedoch ist diese Grenze unscharf, der Jude steht auf subtile Weise mit dem Autor in Verbindung, was dazu führt, daß die Zuschauer Barabas als entfremdetes Wesen der christlichen Gesellschaft erkennen und sich zugleich mit ihm in seiner Rolle als Geißel jener Gesellschaft identifizieren.

Der deutlichste Hinweis auf jene subtile Verbindung zwischen Marlowe und seinem Helden, eine Verbindung, die den Juden aus der ihn umgebenden Welt herauslöst und die Identifikation der Zuschauer mit ihm erklärt, ist Barabas' einzigartiges Vermögen der, wie man wohl sagen muß, ästhetischen Erfahrung. Der Eröffnungsmonolog stellt diese Fähigkeit im wortgewaltigen Lobpreis seiner Reichtümer unter Beweis:

»Säcke voll feuriger Opale, Amethyste,
Saphir, Topas, Hyazinth, grüner Smaragd.
Der Diamant, voll Glanz und der Rubin,
und Edelsteine von so hohem Wert...«

Viele mögen Barabas' Leidenschaft teilen, keine andere Figur des Stücks könnte sie in solche Worte fassen. Und es stellt sich schnell heraus, daß es nicht nur die Vorstellung von Reichtum ist, die Barabas' Lebensgeister weckt, ihn beflügelt und entzückt. Zuletzt ist doch nicht Mammon der eifersüchtige Gott des Juden von Malta. Natürlich setzt er alles daran, überall Gewinn herauszuschlagen, aber allmählich wird Reichtum als *ausschließliches* Objekt seiner Begierde verdrängt; in der zweiten Hälfte des Stücks geht es ihm vor allem darum, Rache an den Christen zu nehmen, um welchen Preis auch immer. Als er dann noch den Versuch unternimmt, auch die Türken zu vernichten und die Christen wieder an die Macht zu bringen, wird klar, daß auch Rache nicht sein eigentliches Ziel ist. Am Ende des Stücks scheint es, als betreibe er den Verrat um des Verrats willen:

»Nun, ist das nicht wirklich ein Königs-Handel? / Städte kaufen durch Verrat, und sie durch Täuschung dann verkaufen! / Sagt, Sünder, denen diese Sonne lacht: / Ward je ein größerer Betrug vollbracht?«

Wenn Barabas, den Hammer in der Hand, die Falltüren für seinen letzten Betrug präpariert, fällt es schwer, in ihm nicht den Autor bei der Konstruktion der Handlung zu erkennen. Und es scheint, als wollte Marlowe diese Gleichsetzung bewußt nahelegen: »Laßt nichts herumliegen, folgt meiner Weisung«, sagt Barabas zu den Zimmerleuten, »doch, jetzt seh ichs: ihr versteht eure Kunst.« Betrug gerät hier fast in den Rang literarischer Kunst, und wir sollten uns daran erinnern, daß Gorgias – der Rivale Platons – der Meinung war, Täuschung *(apate)* sei das Wesentliche an aller schöpferischen Vorstellungskraft: Die besondere Fähigkeit des tragischen Künstlers sei die Kraft der Täuschung. Diese Auffassung von Kunst schließt nicht aus, daß sie Unwahrheit enthüllen kann, sofern die Tragödie »mit ihren Geschichten und Gefühlen ein Trugbild derart schafft, daß, wer erfolgreich täuscht, dem Wirklichen näher ist als der, dem dies mißlingt; und wer sich täuschen läßt, ist weiser als der, der dies nicht tut.« Diese Paradoxie bei Gorgias beruht auf einer Erkenntnis- und Seinslehre, die in seiner berühmten Behauptung: »Es existiert nichts« zusammenzufassen ist. Und, wie ich an anderer Stelle dargelegt habe, ist es genau diese dunkle Vision, die Verneinung des Daseins, die alle Stücke von Marlowe verdüstert.[16]

Barabas lügt und trügt so eifrig, weil er selbst ein Trugbild ist: eine Fiktion, gebildet aus dem Schäbigsten, was seine Kultur zu bieten hat. Manchmal scheint er sich dessen sogar bewußt zu sein: »Beide sind wir Schurken«, bestätigt er Ithamore, nachdem sie sich einander mit unglaublichen, aber offenkundig erfundenen Missetaten vorgestellt haben. Wenn er die Täuschung feiert, dann feiert er sich selbst – nicht einfach seine List, seine Fähigkeit, anderen seinen Willen aufzuzwingen, und seinen Erfindungsreichtum, sondern er feiert, wie weit seine Existenz von jeder Vollkommenheit entfernt ist. Barabas ist der Jüdische Ritter des Nicht-Seins. So gesehen ist die bereits erwähnte Veränderung in Barabas' Sprache eine wohl berechnete Störung jenes Gefühls unmittelbarer Präsenz, das seine reiche Sprache zu Beginn hervorruft, die sich erfüllter Identität sicher zu sein schien. »In einem kleinen Raum unendlicher Reichtum« – hier träumt die Sprache von ihrer Erfüllung, von *erfüllter Existenz.*[17] Ohne den Eröffnungsmonolog, der sich von allem abhebt, was Barabas später äußern wird, hätten wir kein Maß für sein *Verschwinden;* in der Folge existiert er nur im mißglückten Versuch, jene anfängliche Fülle wieder zu erreichen, nur im unerfüllten Raum zwischen seinen Worten, in seinem Mangel an Sein. Er ist ein Geschöpf des Nichts.

Das ist auch der Grund, warum die Ziele, die Barabas sich setzt und mit aller Leidenschaft zu erreichen versucht, dennoch auf eigenartige Weise irreal erscheinen: Ein Nicht-Seiendes kann nichts begehren. Aber selbst wenn Barabas weder inneres noch äußeres Wesen hat, es bleibt ihm eine intensive, spielerische Energie. Marlowes Held erhält seine Gestalt letztendlich nicht von dem bestimmten Ziel, das er verfolgt, sondern durch die gespenstische Verspieltheit, mit der er es verfolgt. Diese zeigt sich in grausamem Humor, in mörderischen Streichen, in der Vorliebe für das Sonderbare und Absurde, in dem Spaß, mit dem er in verschiedene Rollen schlüpft, in der völligen Vertiefung in das Spiel, das gerade gespielt wird, und der daraus sich ergebenden Gleichgültigkeit allem gegenüber, was außerhalb des Spiels liegt, in grundsätzlicher Gleichgültigkeit dem vielfältigen menschlichen Leiden gegenüber, in äußerster, zugleich aber disziplinierter Aggressivität, in seiner Abwehr allem Transzendenten gegenüber, insbesondere gegen alle Metaphysik der Gegenwärtigkeit. Es gibt Hinweise auf eine ähnlich düstere Verspieltheit in Marlowes eigenem Werdegang, der geprägt wurde von seiner blasphemischen (und äußerst gefährlichen) Spottlust, seiner kaum verheimlichten (und ebenso gefährlichen) Homosexualität, der geheimnisumwitterten Zeit als Doppelagent, und, selbstverständlich, von den grausamen, aggressiven Stücken selbst. Der Wille zum Spiel trotzt den gehegten Grundsätzen der Gesellschaft, Marlowe greift auf, was die Zeit ekelerregend oder erschreckend findet, zieht alles Ernste ins Witzige, nur um das Witzige selbst, indem er es ernst nimmt, in Frage zu stellen. Für Barabas, wie für Marlowe, ist dieses Spiel eines am Rande des Abgrundes, *freies* Spielen.

Nichts könnte Marx ferner liegen. Zwar träumte er vom Spiel als dem eigentlichen Wesen des gesellschaftlichen Lebens, aber nur in einer vom Kommunismus revolutionierten Gesellschaft. Entscheidend an dieser revolutionären Verspieltheit ist die Aufhebung der menschlichen Selbstentfremdung: durch die Abschaffung der Arbeitsteilung Befreiung zur schöpferischen Vielseitigkeit:

»Sowie nämlich die Arbeit verteilt zu werden anfängt, hat jeder einen bestimmten ausschließlichen Kreis der Tätigkeit, der ihm aufgedrängt wird, aus dem er nicht heraus kann; er ist Jäger, Fischer oder Hirt oder kritischer Kritiker und muß es bleiben, wenn er nicht die Mittel zum Leben verlieren will – während in der kommunistischen Gesellschaft, wo jeder nicht einen ausschließlichen Kreis von Tätigkeiten hat, sondern sich in jedem beliebigen Zweige ausbilden kann, die Gesellschaft die allgemeine Produktion regelt und mir eben dadurch möglich macht, heute dies, morgen jenes zu tun, morgens zu jagen, nachmittags zu fischen, abends Viehzucht zu treiben, nach dem Essen zu kritisieren, wie ich gerade Lust habe, ohne je Jäger, Fischer, Hirt oder Kritiker zu werden.« *(3. 33)*

Eigentlich ist das eine Hypostasierung der Erfahrung des Schreibens oder Lesens von Literatur, eine körperlich reale, raum-zeitliche Verwirklichung dessen, was wir heutzutage nur in unseren Phantasien erfahren. So räumt Marx in seiner Idealvorstellung dem, was wir als das Spiel der Kunst betrachten, den vornehmsten Ort ein. Aber gerade dadurch, daß er diese Erfahrung einem historischen oder, wenn man will, posthistorischen Augenblick zuordnet, trennt Marx die Literatur von freiem Spiel, von dem, was Marlowe als dessen Wesen kennzeichnet. Vor seiner gegenständlichen Verwirklichung in einer wahren kommunistischen Gesellschaft kann das Spiel nie an und für sich wirklich sein; es ist vielmehr eine Station auf dem Weg dorthin, eine Art Vorwegnahme, Kritik und Utopie zugleich. Marx' Vision einer revolutionären Gesellschaft, wie auch die apokalyptische Vision des christlichen Glaubens, raubt dem Spiel alles Selbständige und macht es entweder zu einer Form kritischer Reflexion des gesellschaftlichen Seins oder zu einem Modell nichtentfremdeter Arbeit.[18] Im ersten Fall kann das Spiel die Menschen davor bewahren, in den verdinglichten Strukturen ihrer Gesellschaft endgültig zu erstarren, im zweiten vermag es vitale menschliche Fähigkeiten lebendig zu halten gegen die dunkleren Zeiten. Aber es ist nicht die Befreiung selbst, die jenseits solcher Augenblicke befreiten künstlerischen Spiels verwirklicht werden muß.[19]

Es ist dies leidenschaftliche, unerbittliche Streben nach

Emanzipation, das die rhetorische Strategie von Marx in *Zur Judenfrage* prägt, und es ist eben diese rhetorische Strategie – die Suche nach einer Welt ohne »Juden« oder »Judentum« –, die im *Juden von Malta* letztlich durch Marlowes freies Spiel verhindert wird, nämlich durch seine unterschwellige Identifikation mit Barabas. Man soll diese Identifikation nicht überbetonen: Barabas ist ja kein Künstler; Falltür und Kessel sind nicht Requisiten eines Dramatikers, sondern die eines Machiavelli. Die Verbindung zwischen dem Künstler und dem Juden ist gerade ausgeprägt genug, uns davon abzuhalten, Barabas ohne weiteres als das entfremdete Wesen der christlichen Gesellschaft zu betrachten – eine Schlußfolgerung, zu der wir durch unsere Lektüre der Streitschrift von Marx gelangen könnten. Um sie zu verteidigen, könnten wir argumentieren, die Spielleidenschaft des Barabas werde nicht um ihrer selbst willen eingeführt, sondern nur als Mittel seines Selbsterhaltungstriebs: »Wenn ich nur leb, mag alle Welt verderben.« So zu argumentieren, würde aber bedeuten, Barabas doch wieder zu integrieren in die nun wohlbekannte Welt des ungehemmten Selbstinteresses. Doch gibt es, jenseits dieses Egoismus, der in den Anreden ans Publikum zu ungeniert zum Ausdruck kommt, einen dunklen, kaum wahrnehmbaren Trieb zur Selbstzerstörung.

Dieser Trieb ist wirksam jenseits bewußter Motivation; und bei einer Person, die so wenig Innerlichkeit bezeugt wie Barabas, mag es schwierig und möglicherweise sinnlos sein, überhaupt von unbewußter Motivation zu sprechen. Es ist wohl eher so, daß etwas Selbstzerstörerisches zu seiner Identität gehört. Er ist, wie er selbst sagt, fest entschlossen zu überleben, er will kein »unvernünftiger Lehmklotz, / den jedes Wasser fortwäscht« sein, er wird nicht »wie ein Windhauch« die Welt verlassen, daß »keine Spur blieb, daß ich jemals war«. *(1.2)* Und doch zeigt das Stück in seinem Verlauf nichts anderes als einen Barabas, der alles daran setzt, sich selbst als komplexes, fest gefügtes Subjekt aufzulösen. Er hat sich zuletzt von allem und allen gelöst, ist weder verfolgter Außenseiter noch akzeptierter Insider, seine Figur ist am Ende wesentlich undeutlicher als zu Beginn. Es ist kein Zufall, daß er in der eigenen Falle umkommt, es ist das aber auch nicht der Erfolg der überlegenen List des Gouverneurs: Barabas' Karriere hat etwas Selbstmörderisches. Er erklärt ausdrücklich, nur den eigenen Interessen dienen zu wollen: »Ego mihimet sum semper proximus«. Aber wo genau ist dieses Ego zu finden, dessen Interessen er verfolgt? Sogar das lateinische Sprichwort verrät seine ominöse Distanz zu sich selbst: »Mir selber bin ich stets mein nächster Freund«, sich selbst ist er stets nur der *nächste.* Jenseits all der lauten Beteuerungen des Eigeninteresses ist Barabas' Werdegang nichts als eine schrittweise, heimliche Enteignung seiner selbst, ein verzögerter Prozeß des Verschwindens, eine Verletzung des Subjekts.

Noch einmal könnten wir geneigt sein, Barabas in seine Welt zu reintegrieren und seinen Trieb zur Selbstzerstörung als höchsten Ausdruck jener »menschlichen Selbstentfremdung« zu betrachten, die Marx im Juden verkörpert sah. Was uns davon abhalten wird, ist das unheimliche Gefühl, auf diesem Weg dann doch mitverantwortlich zu sein an Barabas' Entwicklung; dann nämlich hätte Marlowe uns dazu gebracht, Barabas' Weg bis in den siedenden Kessel mit Zustimmung zu verfolgen, ähnlich wie er uns auch Zustimmung abnötigen wollte zu Barabas' Zynismus und Verspieltheit. Während Marx menschliche Selbstentfremdung beschreibt, um seine Leser dazu zu bewegen, nach menschlicher Emanzipation zu streben, beschreibt Marlowe etwas durchaus Vergleichbares, aber um seinem Publikum bestimmte Illusionen auszutreiben. Die größte wäre der Gedanke, menschliche Emanzipation sei möglich.

Marx kann sich vorstellen, daß die Menschheit sich schließlich befreien wird von dem, was er unverzeihlicherweise ihr

»Judentum« nennt. Marlowe kann dies nicht. Tatsächlich feiert er seinen Juden, weil Barabas hellsichtiger, raffinierter und bis zur Selbstzerstörung konsequenter ist als die Christen, deren Grundwerte er ins Lächerliche zieht und transzendiert. Der Hang zur Selbstzerstörung ist, in diesem Stück wie auch anderswo in Marlowes Werk, eine vielbewunderte Tugend, zeigt sie doch, daß der Held jegliche Hoffnung abgelegt hat, und sich statt dessen der anarchischen, spielerischen Entladung seiner Energien widmet. Nichts steht dem im Weg, nicht die Selbsterhaltung, und schon gar nicht jenes imaginäre Gebilde aus gesellschaftlichem Schrott und Abfall, das Barabas' Identität ausmacht. Diese Identität – alles, was ihm zugleich als bestgehaßten Feind der Gesellschaft und als deren charakteristischstes Geschöpf kennzeichnet – wird letztendlich seinem radikalen Willen zum Spiel unterworfen, einem Willen, der untrennbar ist von dem Prozeß, der ihn zerstört.

Was den *Juden von Malta* grundsätzlich abhebt von Marxens Streitschrift, ist der Umstand, daß Marx sich beruft auf das, was Ernst Bloch das *Prinzip Hoffnung* nannte. Bei Marx finden wir das Prinzip Hoffnung ohne den Willen zum Spiel; bei Marlowe den Willen zum Spiel ohne das Prinzip Hoffnung.

Aus dem Amerikanischen von Jeremy Gaines

1 Alle Zitate aus dem *Juden von Malta* sind der Übersetzung von Erich Fried in diesem Band entnommen. Zitate aus Shakespeare sind der dreibändigen Ausgabe der Friedschen Übersetzung entnommen (Berlin 1989). Zitate von Marx stammen aus *Marx Engels Werke.*

2 Zu den Juden im England der Renaissance, s. Cecil Roth, *A History of the Jews in England* (Oxford 1964); Salo W. Baron, *A Social and Religious History of Jews,* 2. Aufl., Bd. 2, *Citizen or Alien Conjuror* (New York 1967); C. J. Sisson, »A Colony of Jews in Shakespeare's London«, in: *Essays and Studies,* 22, 1937, s. 38–51.

3 Zu dem Aufsatz von Marx, s. Shlomo Avinieri, *The Social and Political Thought of Karl Marx,* Cambridge 1968, S. 43-46, Isaiah Berlin, *Karl Marx: His Life and Environment,* 3. Aufl. (London 1963) S. 27, 99–100; Jean-Yves Calvez, *La Pensée de Karl Marx,* 6. Aufl. (Paris 1956) S. 64–78; Franz Mehring, *Karl Marx: Die Geschichte seines Lebens;* Robert C. Tucker, *Philosophy and Myth in Karl Marx* (Cambridge 1961) S. 111–113; Istvan Meszaros, *Marx's Theory of Alienation* (London 1970) S. 28–31, 71–74.

4 Ich möchte hier betonen, daß der Antisemitismus nie nur eine Trope ist, die ein Autor benutzen oder verwerfen kann, wie er etwa ein Zeugma verwenden oder Formen der Personifizierung meiden würde. Der Antisemitismus ist immer schon von Irrationalität und böser Überzeugung durchdrungen und läßt sich kaum als eine rhetorische Strategie rational einsetzen. Marlowe beschreibt seinen Juden mit der zwanghaften Grausamkeit, die fast alle seine Werke charakterisiert, während die Streitschrift von Marx eindeutig Elemente einer schroffen, sogar hysterischen Ablehnung seines religiösen Hintergrundes enthält. Man ist fast versucht, letztere auf ein dunkles Kapitel in der persönlichen Geschichte des Autors zurückzuführen. Doch werden die Verbindungen zu Marlowes Stück, die ich hier knüpfen möchte, auch die direktere Verbindung zum Denken Feuerbachs, diese Schrift von Marx in einen weiteren Kontext stellen. Trotzdem sind die Brutalität im zweiten Teil des Aufsatzes und seine Abgrenzung von denen, die er so heftig angreift, wohl weitgehend mit seiner persönlichen Situation zu erklären. Es ist interessant, daß der Ton des Angriffs auf das Judentum sich dort zum fast ekstatischen Ekel steigert, wo Marx die Juden anscheinend unzweideutig als Produkt der bürgerlichen Gesellschaft charakterisiert. Es hat den Anschein, als wolle Marx vor allem unter Beweis stellen, daß er die Juden unter keinen Umständen verstehen oder entschuldigen werde.

5 Für eine brauchbare Zusammenfassung der extensiven Sekundärliteratur zum *Kaufmann von Venedig* s. Norman Rabkin, »Meaning and Shakespeare«, in: *Shakespeare 1971,* Hg. Clifford Leech und J. M. R. Margeson, Proceedings of the World Shakespeare Congress Vancouver 1971 (Toronto 1972) S. 89–106. Von besonderer Wichtigkeit ist das Kapitel von C. L. Barber zu dem Drama in seinem *Shakespeare's Festive Comedy* (Princeton 1959) sowie Barbara Lewalski, »Biblical Allusion and Allegory in The Merchant of

Venice«, in: *Shakespeare Quarterly*, 13, 1962, S. 327–43. Zum Thema Wucherei und *Der Kaufmann von Venedig* s. John W. Draper, »Usury in The Merchant of Venice«, in: *Modern Philology*, 33, 1935, S. 33–47; E. C. Pöettet, »The Merchant of Venice and the Problem of Usury«, in: *Essays and Studies* 31 (1946) S. 19–33; Benjamin Nelson, *The Idea of Usury: From Tribal Brotherhood to Universal Otherhood* (Princeton 1949). Zu Fiskalismus und Merkantilismus s. Immanuel Wallerstein, *The Modern World-System: Capitalist Agriculture and the Origins of the European World-Economy in the Sixteenth Century* (New York 1974) S. 147–151.

6 Siehe Jacob Katz, *Tradition and Crisis: Jewish Society at the End of the Middle Ages* (New York 1971), S. 46–47; Anthony Molho, »A Note on Jewish Moneylenders in Tuscany in the Late Trecento and Early Quattrocento«, in: *Renaissance Studies in Honor of Hans Baron*, Hg. Anthony Molho und John A. Tedeschi (Florenz 1971) S. 101–107.

7 S. Brian Pullan, *Rich and Poor in Renaissance Venice: The Social Institutions of a Catholic State, to 1620* (Oxford 1971).

8 Shylock scheint, wenigstens teilweise, diese Vorstellung zu bestätigen (Fried, S. 467).

9 Katz, S. 47–48.

10 Das war eine Erfindung des Regisseurs Clifford Williams; im ursprünglichen Text erscheint nur die sterbende Abigail. Diese und andere Inszenierungen des Stücks werden diskutiert in James L. Smith »The Jew of Malta in the Theatre«, in: *Christopher Marlowe*, Hg. Brian Morris (London 1968) S. 1–23.

11 Siehe G. K. Hunter, »The Theology of Marlowe's *The Jew of Malta*«, in: *Journal of the Warburg and Courtauld Institutes*, 27, 1964, S. 236.

12 Shylock versucht in der Prozeßszene, dieses zu einem ähnlich zentralen Thema zu machen. Aber, wie nicht anders zu erwarten, der Versuch schlägt fehl. (Fried, S. 480 ff.)

13 Frederic C. Lane, *Venice and History* (Baltimore 1966).

14 Zur Beschreibung des Juden als eines Teufels s. Joshua Trachtenberg, *The Devil and the Jews: The Medieval Conception of the Jew and Its Relation to Modern Antisemitism* (New Haven 1943).

15 Siehe meinen Aufsatz »The False Ending in Volpone«, in: *JEGP* 75, 1976, S. 93.

16 Zu Gorgias s. Mario Untersteiner, *The Sophists*, übersetzt von Kathleen Freeman (Oxford 1954), S. 113; Thomas G. Rosenmeyer, »Gorgias, Aeschylus, and Apate«, in: *American Journal of Philology*, 76, 1955, S. 255–260. Zu der »Gorgianischen« Ästhetik bei Marlowe s. mein Aufsatz »Marlowe and Renaissance Self-Fashioning«, in: *Two Renaissance Mythmakers*, Hg. Alvin B. Kernan, *Selected Papers from the English Institute 1975–76* (Baltimore 1977).

17 Eine aufschlußreiche Diskussion des Begriffs göttlicher Gegenwart in der

westlichen Ontotheologie findet sich bei Jacques Derrida, *Grammatologie*, übersetzt von Hans-Jörg Rheinberger und Hanns Zischler (Frankfurt 1974) S. 35 ff.

18 Zum problematischen Status des Spiels bei Marx s. Francis Hearn, »Towards a Critical Theory of Play«, in *Telos 30*, 1976–1977, S. 145–160; zur Kunst als Modell der nichtentfremdeten Arbeit, s. Hans Robert Jauß, »The Idealist Embarassment: Observations on Marxist Aesthetics«, in: *New Literary History*, 7, 1975, S. 191–208.

19 Die weitreichendste Untersuchung dieser »Momente« der Emanzipation in Marxens Denken wurde von Jürgen Habermas unternommen, siehe vor allem »Toward a Theory of Communicative Competence«, in: *Inquiry*, 13, 1970, S. 360–375, sowie *Erkenntnis und Interesse* (Frankfurt 1968). Für eine ehrgeizige Erkundung der Opposition von Spiel und Ernsthaftigkeit in der Kultur der Renaissance, s. Richard A. Lanham, *The Motives of Eloquence: Literary Rhetoric in the Renaissance* (New Haven 1976).

FRIEDMAR APEL

Zwei Provokationsagenten: Christopher Marlowe und sein Jude

In Canterbury, dem Sitz des Erzbischofs, wo die Pilger das Grab des hl. Thomas Becket aufsuchen, wurden dem Schuhmacher John Marlowe und seiner Frau Katherine Arthur am 26. Februar 1564, einige Wochen vor der Geburt William Shakespeares, ein Kind geschenkt, das ihnen viel Freude und viel Kummer machen sollte: Christopher Marlowe, der unter den elisabethanischen Dramatikern bis zu Shakespeares Aufstieg der begabteste, berühmteste und berüchtigtste werden sollte. Wie Shakespeare in Stratford-upon-Avon besucht er die King's School seiner Heimatstadt, jenem ungleich aber bezieht Marlowe 1580 das illustre Corpus Christi College an der Universität Cambridge, ausgestattet mit einem Stipendium des Erzbischofs, das ihm auf sechs Jahre zur Verfügung steht, falls er die Weihen anstrebt. Die Studien gehen gut vonstatten, und 1584 erwirbt der Kandidat planmäßig den Grad eines Bachelor of Arts. So weit, so gut für ihn und seine Eltern.

Aber bald scheint es Probleme zu geben; Marlowe ist nur noch unregelmäßig am College anwesend, treibt sich unter anderem in Frankreich herum. 1587 lehnt die Universität Marlowes Antrag auf Verleihung des Master of Arts ab, nachdem allerlei Gerüchte über die Lebensführung des Kandidaten in Umlauf gekommen sind. Einige Wochen später jedoch, im Juni 1587, erhält der abgewiesene Bewerber Beistand von höchster Stelle: Der Universität geht eine Anweisung des Privy Council zu, des geheimen Staatsrats der Königin, Marlowe zu graduieren und im übrigen »mit allen Mitteln die

Gerüchte aus der Welt zu schaffen«. Der Grund dafür war, nach allem, was man weiß, daß Marlowe in den Jahren zuvor als Agent der Regierung tätig war und in dieser Funktion offenbar durchaus delikate Aufträge zur Zufriedenheit ausgeführt hatte. So ist es sehr wahrscheinlich, daß Marlowe bereits in jungen Jahren mit Machtpolitik und Geheimdiplomatie Tuchfühlung bekam, die Elisabeth I. zur Konsolidierung ihrer Position auf das geschickteste betrieb. Nur wenige Wochen vor Marlowes Gesuch war Maria Stuart, die sich seit 1568 in Gefangenschaft befand, wegen angeblicher Konspiration gegen die Königin hingerichtet worden.

Der solcherart gebackene Akademiker geht in diesem Jahr 1587 nach London; irgendwann um diese Zeit verläßt auch Shakespeare seine Familie für die Karriere als Dramatiker und Theaterunternehmer. Alles deutet darauf hin, daß aus Marlowe ein homme de lettres und ein erfolgreicher Dramatiker werden wird. Seine Übersetzungen von Ovids »Amores« und Lukians »Pharsalia« erregen bald Bewunderung, sein erstes Drama *Tamburlaine* bereits Aufsehen und Neid. So beschimpft ihn 1589 der Dramatikerkollege Robert Greene als Großschnauze und kann es auch nicht lassen, sich über den aufgestiegenen Schusterjungen lustig zu machen. Ein Aufstieg (und Fall) bestimmt auch die Handlung des 1587/88 aufgeführten Stücks: der skythische Schafhirt Tamburlaine steigt durch Ehrgeiz, List und eine durch keinerlei moralische Skrupel gebremste Grausamkeit zum Herrscher Persiens auf. Tamburlaine stellt sich im Sinne einer der Zeit entsprechenden einseitigen Machiavelli-Interpretation außerhalb der christlichen Normen, fühlt sich von göttlicher Vorsehung unabhängig. Nur die Liebe zu Zenocrate, der Tochter des Sultans von Ägypten, mildert seine Machtgier für eine Weile. Nach ihrem Tod aber steigert sie sich zu Gewaltorgien. Am Ende verbrennt er in gotteslästerlicher Provokation die heiligen Schriften des Islam. Vom tödlichen Fieber befallen trägt er noch im Sterben seinen Söhnen die Unterjochung der Erde auf.

Der Erfolg des Stücks läßt Gerüchte aufkommen, in denen der Charakter Tamburlaines auf Marlowe übertragen wird. Er sei ein wortgewaltiger, funkelnd argumentierender Gotteslästerer, genußsüchtig, gewalttätig und abwegigen Liebesleidenschaften ergeben, ein Renaissance-Mensch, wie er die Phantasie der Zeit bewegte. Genährt werden diese Gerüchte durch einen nie völlig aufgeklärten Vorfall: William Bradley, der vorher schon einen aktenkundigen Streit mit Marlowes Freund, dem Dichter Thomas Watson, hatte, gerät am 18. September 1589 in Hog Lane mit Marlowe aneinander. Watson mischt sich ein, und im Verlauf der Schlägerei wird Bradley getötet. Watson und Marlowe werden für zwei Wochen inhaftiert. Am 3. Dezember 1589 müssen sie in Old Bailey erscheinen. Im Verlauf der Verhandlung wird Marlowe entlastet, Watson wird Totschlag in Notwehr zugebilligt. Das verhindert jedoch nicht, daß nun auch erzählt wird, Marlowe sei ein Mörder, und es war auch nicht das letzte Mal, daß Marlowe in Raufhändel verwickelt wurde. 1592 legt die Polizei einen Antrag vor: Marlowe soll unter Eid verpflichtet werden, sich friedlich zu verhalten.

Inzwischen (1588 und 1589) hatte Marlowe zwei weitere Atheisten und Gewaltmenschen gestaltet: *The Jew of Malta* und *Doctor Faustus*, Stücke, die seinen skandalumwobenen Ruhm auf alle Zeiten festigen sollten. Gleichzeitig jedoch bekam Marlowe noch mehr Ärger. Die Zensur war nicht eben streng im elisabethanischen England, aber der wachsende Einfluß des Puritanismus sorgte doch für einigen Druck auf die Behörden. 1592 fand man bei Thomas Kyd (1558–94), dem dritten großen elisabethanischen Dramatiker, mit dem Marlowe eine Zeitlang zusammen gewohnt und gearbeitet hatte, im Rahmen von Aktionen gegen Häresie und Verschwörung gegen die Krone, eine Schrift, in der die Religionsstifter Jesus,

Moses und Mohammed als Hochstapler bezeichnet wurden. Möglicherweise unter Folter schob Kyd später die Schuld auf Marlowe: Die Schrift sei versehentlich in seine Papiere geraten, und er teile die gottlosen Ansichten Marlowes nicht, der im übrigen »irreligiös, maßlos und grausam« sei. Möglicherweise wurde er vorher schon von anderer Seite angeschwärzt, jedenfalls stellte der Privy Council am 18. Mai 1593 eine Art Haftbefehl gegen Marlowe aus. Der war davon offenbar nicht beeindruckt und kündigte am 20. Mai an, vor dem Rat erscheinen zu wollen, um sich gegen die Anwürfe zu verteidigen. Einige Tage später ging bei den Behörden noch der Brief eines gewissen Richard Baines (eines übel beleumundeten Individuums, das später am Galgen endete) ein, in dem über weitere gotteslästerliche Äußerungen Marlowes berichtet wird. Der Brief trägt die polizeiliche Anmerkung, daß man Marlowe bereits »auf der Spur« sei.

Zu der Verhandlung kommt es nicht mehr, denn am 30. Mai 1593 wird Marlowe in einem Wirtshaus in Deptford bei London im Alter von 29 Jahren durch einen Messerstich getötet. Den Untersuchungsakten zufolge hatte sich Marlowe mit Ingram Frizer, Nicholas Skeres und Robert Poley getroffen – nicht die beste Gesellschaft, wie sich herausstellen sollte. Nach einem Abendessen sollen nach dem Zeugnis der Anwesenden Frizer und Marlowe in einen Streit über die Bezahlung geraten sein. Marlowe habe dann Frizer plötzlich den Dolch entrissen, denselben damit angegriffen und ihm eine Kopfwunde zugefügt. Aus Notwehr und Angst um sein Leben habe dann Frizer seinerseits Marlowe den Dolch entwunden und ihm ebenfalls eine Wunde über dem rechten Auge beigebracht, an der besagter Marlowe auf der Stelle verstorben sei.

An dem Bericht ist fast alles dubios oder ungereimt. So habe sich Marlowe nach dem Streit ums Geld noch auf ein Bett gelegt, Frizer habe ihm den Rücken zugewandt. Auch kann die Wunde nach der Beschreibung eigentlich keinen sofortigen Tod herbeigeführt haben. Vor allem aber sind die Aussagen von Marlowes drei Begleitern in Frage zu stellen: Skeres war ein polizeibekannter Beutelschneider, Poley offenbar ein Doppelagent in der Verschwörung gegen Maria Stuart, Frizer schließlich ein Diener Thomas Walsinghams, der als Mitglied des Privy Council so etwas wie ein Geheimdienstchef war. So läßt sich nicht ausschließen, daß Marlowe aus seiner Tätigkeit für die Regierung zu viel wußte und deshalb keine Angst hatte, vor dem Ausschuß zu erscheinen. Möglicherweise hat man ihn vor Aufklärung der Affäre aus dem Weg räumen wollen.

Auch die Beschuldigungen Kyds und Baines' nebst den übrigen kursierenden Gerüchten über den Häretiker Marlowe können nicht ohne weiteres für bare Münze genommen werden. Der dem Intellektuellen-Kreis um Sir Walter Raleigh nahestehende Marlowe war – wie sich in seinen Dramen ja zeigt – ein aggressiver und rhetorisch brillanter Argumentierer, der zwar offensichtlich mit den subversiven Strömungen seiner Zeit in Kontakt war, die religiösen, moralischen und sozialen Normen aber dennoch möglicherweise nur in einem philosophischen und ästhetischen Rahmen als Gedankenspiel in Frage stellte, was schlichtere Gemüter vielleicht nicht verstehen konnten, raffiniertere nicht wollten. Im Vergleich zu Shakespeare gibt es zwar mehr Dokumente über entscheidende Stationen seines kurzen Lebens, ein klares Bild über seine Überzeugungen lassen sie jedoch nicht zu. Offensichtlich wurde er in Künstler- und Aristokraten-Kreisen hoch geschätzt, und auch Shakespeare gedachte seiner mit Wärme. So ist nicht auszuschließen, daß alle finsteren Gerüchte nur Legenden sind, die ein hochbegabter, intellektueller und ästhetizistischer Provokateur in einer mißgünstigen Mitwelt erzeugte. Auch der, nach allem, was man weiß, zurückhaltendere Shakespeare blieb ja von Gerüchten über liederlichen Lebenswandel nicht unbehelligt.

Auch die Nachwelt hat gern und oft versucht, die Protagonisten von Marlowes Stücken mit seiner Person zu identifizieren. Anhand von *Tambourlaine* hat man einen »faschistischen Geist« (J. B. Steane) entdecken wollen, *The Jew of Malta* enthüllte natürlich einen Antisemiten, und *Edward II.* (1591) einen Homosexuellen, Verdächtigungen, die auch Shakespeare bei Gelegenheit des »Kaufmann von Venedig« oder der »Sonette« widerfuhren. Daß es Marlowe stärker traf, mag daran liegen, daß er trotz der Schönheit seines Blankverses, mit dem er die Bühnensprache der Zeit revolutionierte, mehr Ideendichter und Gedankenspieler war als Shakespeare. Seine alles dominierenden Hauptfiguren sind diskursiv angelegt, alles andere als aus dem Leben gegriffen, wie man so schön sagt, sie sind im Grunde Gedankenkonstrukte, Karikaturen, die nur in Analogie und Kontrast zum intellektuellen Diskurs der Zeit verständlich werden. Das heißt nicht, daß die Figuren einsinnig sind, noch, daß sie den Zuschauern der Zeit nicht dramatisch lebendig geworden wären. Vielmehr mag ihre Vitalität, die ja auch Shakespeare bewunderte, gerade aus der Dynamik der Mehrdeutigkeit, der bösartig funkelnden, über alles gewohnte Maß hinausdrängenden Rede sich vermittelt haben.

Die Herkunft seiner Ideen verschweigt der Dramatiker in *Der Jude von Malta* ja auch keineswegs. Der erste Auftritt gebührt Machiavelli, sein Prolog legt die Perspektive fest, aus der das Geschehen betrachtet werden will. Machiavellis epochemachendes Werk über die Grundlagen der Machtpolitik, – »Il Principe« – war 1532 erschienen; 1559 wurden seine Schriften auf den päpstlichen Index gesetzt, was nicht verhindern konnte, daß popularisierte Versionen seiner Ideen sich über die Grenzen hinweg immer weiter verbreiteten. In England hatte bereits 1539 der Kardinal Reginald Pole gegen Machiavelli polemisiert und die Trennung von Rom durch Heinrich VIII. auf dessen Einfluß zurückgeführt. Auch im weiteren Verlauf wurden Machiavellis realistische Analysen aus ihrem historischen Kontext herausgetrennt und einseitig verstanden. Populär war vor allem der Inhalt des dritten Hauptteils des »Principe«, der Verhaltenslehre für Herrscher, von der eine Vorstellung vom machiavellistischen Charakter als dem atheistischen, machtgierigen, grausamen, blutrünstigen und zynischen Unhold bezogen wurde – ein Mißverständnis, das sich bis ins 18. Jahrhundert selbst bei Gelehrten gehalten hat und zum Teil noch heute kursiert.

Die Popularität des wie immer zum Klischee geformten Machiavellismus, auf die der Dramatiker von vornherein bauen konnte, ist ein Reflex der Ängste, die im elisabethanischen Zeitalter trotz äußerlicher Stabilität umgingen. Unvergessen in England waren die blutigen Auseinandersetzungen der Rosenkriege Ende des 15. Jahrhunderts, die schließlich das Haus Tudor an die Macht gebracht hatten und mit ihm eine Legitimation des Königtums, das paradoxerweise den Anspruch erhob, von Gottes Gnaden und zugleich mit der Zustimmung aller Bürger zu regieren. Unvergessen auch waren die religiösen Auseinandersetzungen, in denen Religion als Mittel der Politik eingesetzt wurde, was das Vertrauen in die Gültigkeit religiöser Werte nachhaltig erschüttert hatte. Die gottgegebene Welt erschien im intellektuellen Diskurs der Zeit immer deutlicher als in konkurrierende und interessengebundene Lesarten zerfallend; zum ersten Mal taucht hier am Beginn der frühen Neuzeit die Idee einer metaphysischen Heimatlosigkeit des Menschen auf. Analoges ereignete sich in der Rechtssphäre; auch hier traf Machiavellis Analyse des Verhältnisses von Recht und Gewalt den Kern der Ängste der Zeit, die bange Frage, ob das Recht dem Ausbruch untergründiger Begehrungen standhalten kann, den Zweifel an der Gültigkeit menschlicher Verabredungen und Versprechen.

Eine Steigerung erfuhren solche Ängste durch die geheimnisvoll wachsende Macht des Geldes. Der Boom des Handelsgeschäfts durch Kolonialisierung und den technischen Fortschritt, der wachsende Einfluß des Kapitals auf die Politik machte das Geld undurchsichtig, der Zusammenhang von Preis und Wert war für einen einzelnen immer weniger zu erkennen. Marlowes *Jew of Malta* entstand ziemlich genau am Wendepunkt einer Entwicklung, die zu einem dynamischen wirtschaftlichen System führte, zu einer Frühform des Kapitalismus, in der die Wertorientierungen materialistisch wurden. Hier findet man zum ersten Mal Gestaltungen der Entfremdung, der Erfahrung, daß sich das Individuum im Produkt gesellschaftlichen Handelns nicht wiederfinden kann.

Der Prolog des Stückes stellt die Verknüpfung dieser Themen her, erweitert die Trivialvorstellung vom Machiavellisten als dem wissenden Verächter der Religion und des Rechts, dem Protagonisten der Macht und der Gewalt, um die Komponente des Geldes als eines fundamentalen Machtfaktors. Zugleich werden virtuell Machiavelli, der Philosoph, der Dramatiker und der Jude miteinander identifiziert. Der fiktive Machiavelli ist zugleich der, der dem englischen Publikum etwas zu zeigen hat, der Jude wiederum handelt nach der Art des Machiavelli. Das merkwürdig unbezogene Verspaar in der Mitte des Prologs: »Daß Vögel in der Luft den Mord beklagen? / Ich schäm mich, solchen Unsinn nur zu hören«, mag sogar eine kokette Anspielung auf die Gerüchte sein, die über Marlowe umgingen.

Obwohl der Prolog unmißverständlich deutlich macht, daß eine Handlung präsentiert wird, die Britannien angeht, verlegt Marlowe, wie später Shakespeare im »Kaufmann von Venedig«, die Judengeschichte an fremde Gestade. Abgesehen davon, daß das ein allzeit wohlfeiler Kunstgriff des Dramatikers ist, der die Zensur nicht ganz außer acht lassen darf, hat das gewisse Plausibilitätsgründe für sich. Im elisabethanischen England gab es praktisch keine Juden, die in der Öffentlichkeit als solche erkennbar waren, ein Jude als bedeutender

Kaufmann war in England nicht vorstellbar, während Juden im Mittelmeerraum von alters her das Zinsgeschäft und den Handel zu ihrer Domäne gemacht hatten. Es gab daher in England kein Judenproblem, Antisemitismus existierte in Form von Gerüchten und Vorurteilen ohne manifeste Vorstellungsmöglichkeit. Malta hingegen war in der englischen Geschichte des 16. Jahrhunderts ein Thema, da die Insel 1530 von Karl V. dem Johanniterorden zum Lehen gegeben worden war. Als 1537 der Orden in England aufgelöst wurde, flohen die Ritter nach Malta, wo sie 1565 maßgeblich dazu beitrugen, daß die Insel gegen die türkische Belagerung gehalten werden konnte. Durch seine Handelstätigkeiten war der Orden danach immer reicher geworden. Die Johanniter waren also aufgrund ihrer Verknüpfung von geistlichen, militärischen und geschäftlichen Aktivitäten für die Thematik attraktiv, überdies ließ sich die Vorstellung von der Insel gut mit dem Thema der Konkurrenz der drei Religionen verknüpfen.

Daß Marlowe den Juden Barabas nennt, nach jenem biblischen Mörder, den das Volk freibat, während es Jesus verleugnete, ist eine der provokanten Sottisen Marlowes. Vielleicht sollte sich überdies die Assoziation zu »Barbarian«, zum Ausländer und Außenseiter ergeben, ein Verfahren der Verballhornung, wie es auch Shakespeare suggestiv verwandt hat, etwa bei Caliban (aus Canibal). Im Vergleich zu Shakespeares Shylock ist dieser Name freilich das einzig Jüdische an der Figur. Obwohl die Anlage der Rolle bei Shakespeare womöglich der Diskriminierung der Puritaner dienen sollte, hat Shakespeare den Shylock mit einer Reihe wiedererkennbarer Merkmale des Judentums ausgestattet, allerdings auch mit einigen unstimmigen. Während Shakespeare die Vorurteile seines Publikums umlenkt, spielen Marlowe und seine Figur mit den Zuschauern im Theater ein sarkastisches Spiel.

Barabas kennt die Vorstellungswelt der frommen Raupen und christlichen Gauner. In 4,1 kann er ihre Sätze zu Ende führen: ja, er ist ein Jud, er hat Geld, er ist des Wuchers und der Hurerei schuldig. Bereitwillig präsentiert er den Gegnern, die er täuschen will, das Zerrbild des Juden:

»Ich war ein Eiferer im jüdischen Glauben,
hart gegen Arme, habgierig, ein Unhold.
Für Geld hätt' meine Seele ich verschachert.
Zinsen hab ich hundert Prozent genommen (...)«

Noch deutlicher spielt der Dramatiker in 4,4 mit den Vorurteilen und Schauermärchen über die Juden, die er bei seinem Publikum voraussetzt:

ITHAMORE: Es ist seltsam mit diesem Juden: Er lebt von eingepökelten Heuschrecken und Pilzen in einer Brühe.

BARABAS: *(leise)* Was für ein Sklave! Der Gouverneur ißt nicht so gut wie ich!

ITHAMORE: Er hat noch nie ein reines Hemd angezogen, seit er beschnitten wurde.

BARABAS: *(leise)* O, Schuft! Ich zieh mich zweimal täglich um!

ITHAMORE: Den Hut, den er trägt, hat Judas unterm Holunderbaum liegenlassen, als er sich erhängte.

BARABAS: *(leise)* Der große Khan sandt' ihn mir zum Geschenk!

»Ick sein niet wohl« sagt Barabas in Erich Frieds Übersetzung hiernach. Shakespeares Shylock sagt: »Mir ist nicht gut«, nachdem er erkannt hat, wie man ihn ausgetrickst hat, aber das ist nicht die metaphysische Heiterkeit des Weltenspielers Barabas, der Ironiker bleibt bis zum Untergang. Was Marlowes Jude den anderen darstellt, ist er nicht, selbst seine Geldgier ist gespielt. Jude sein bedeutet nach der Definition von Marlowes Stück: emanzipiert sein von den falschen Bindungen von Religion, Rasse oder Klasse, von den interessengebundenen Konstruktionen der Moral und des Rechts, bedeutet Dekonstruierer zu sein, der den Verblendungszusammenhang auflöst, bedeutet durchzublicken und sein Außenseitertum zu genießen.

Um Marlowe (Analoges widerfuhr Shakespeare) gegen den Vorwurf des Antisemitismus in Schutz zu nehmen, ist darauf hingewiesen worden, daß die beiden anderen Religionen im Stück ja keineswegs besser wegkämen, daß die Moslems wie die Christen ja auch als nichts als ein Haufen Erpresser, Rechtsbrecher, Heuchler, Macht- und Geldgierige dargestellt würden, und daß der Jude eigentlich nur auf die Übeltaten der anderen reagiere. Das ist richtig und verkennt doch die Struktur der Argumentation des Dramas. Es gehört zur inneren Logik des populär-machiavellistischen Charakters, daß er mit einer Welt sprachlicher Wertformulierungen konfrontiert wird, von deren Hohlheit er schon weiß. Im Drama aber und für die Zuschauer muß das gezeigt werden. Als agnostischer Realist verändert der Jude nicht die vorgefundene Welt, sondern paßt sich ihr perfekt an, treibt ihr Verhalten auf die Spitze.

Daß er dennoch zugrunde geht, ist damit erklärt worden, daß er zuletzt nicht mehr konsequent machiavellistisch handelt, den Grundsatz des unbedingten Mißtrauens aufgibt, fast schon, als sei er damit entschuldigt. Aber um Entschuldigung oder gar um die am Ende dann doch noch stattfindende Bestrafung des Übeltäters geht es gar nicht. Zunächst einmal ist der Untergang des Helden Formgesetz der Tragödie. Dies ergab sich in der antiken Sicht aus einer unausweichlichen, überpersönlichen und göttlich vorbestimmten Schuld des Helden. In Marlowes entgötterter Welt aber kommt die Bestimmung aus der Eigendynamik des Diesseitigen und Materiellen, einer im innersten Grunde wölfischen Welt, in der gefressen wird, wer nicht den anderen frißt. Der ironische Nihilist, der das erkannt und akzeptiert hat, muß auch die eigene Annihilation akzeptieren, erst das emanzipiert ihn ganz von aufgezwungenen Bindungen. In der antiken Tragödie sollte der Zuschauer Mitleid mit dem Helden haben, Barabas aber fordert Mitleid nur ironisch ein, er stirbt in rhetorischer Brillanz mit einem Fluch auf den Lippen und hinterläßt eine Welt der sich fortzeugenden Habgier, keine Ordnung kommt wieder ins Lot. Der Dramatiker treibt die Ironie auf die Spitze, wenn er zuletzt die verbliebenen Halunken den leeren Himmel loben läßt.

Nicht als evozierte Person, aber als gedanklich-dramatisches Konstrukt ist der Jude das alter ego des Dramatikers: als Rhetoriker, als radikal Diesseitiger, als Dekonstrukteur falscher ethischer und metaphysischer Gewißheiten. Vielleicht weniger kunstvoll, gewiß radikaler als Shakespeare hat Marlowe die Widersprüche der heraufziehenden neuzeitlichen Gesellschaft zur Sprache gebracht. Sein Jude ist ein Modell des modernen Menschen in seiner transzendenten Heimatlosigkeit und seiner immanenten Geldgier, sein ironischer Heroismus besteht im Verzicht darauf, die alten Heilsversprechen durch neue zu ersetzen. Erlösung wird nurmehr vom Reichtum erwartet: Der Tod ist besser als ein Leben ohne Geld.

Ausgewählte Literatur zu Marlowe und zu »Der Jude von Malta«

Immer noch der lesenswerteste Entwurf von Marlowes intellektueller Persönlichkeit:
H. Levin: *The Overreacher: A Study of Christopher Marlowe,* Havard University Press, 1952

Ein interessantes Beispiel für politisch-moralische Verkennung:
J. B. Steane: *Marlowe: A Critical Study,* Cambridge University Press, 1974

Marlowe und sein Jude im Kontext der Außenseiterproblematik. Einige Einseitigkeiten können nicht den Gewinn des Vergleichs schmälern:
H. Mayer: *Außenseiter,* Frankfurt am Main, 1975

Marlowe als Verskünstler in dem, was Shakespeare nicht vollbringen konnte und wollte:
T. S. Eliot: »Christopher Marlowe«. In: *Werke,* hg. von Helmut Viebrock, Frankfurt am Main, 1969, Bd. 3, S. 85 ff.

Marlowe und die Machtpolitik:
C. J. Summers: *Christopher Marlowe and the Politics of Power,* Salzburg 1974

Eine Sammlung neuerer Essays:
K. Friedenreich u. a. (Hg.): *A Poet and a Filthy Play-maker,* AMS Press, 1988

Ein Literaturbericht mit ausführlicher Bibliographie:
W. Tydemann u. V. Thomas: *State of the Art: Christopher Marlowe,* The Bristol Press, 1989

Weitere Literatur in den Anmerkungen zu Greenblatts Aufsatz in diesem Band.

Lesen Sie weiter…

YOSEF HAYIM YERUSHALMI
Freuds Moses. Endliches und unendliches Judentum
Yerushalmis leidenschaftlicher Ton entspringt der Gegenüberstellung einer der bedeutendsten Fallgeschichten jüdischer Kultur – der Psychoanalyse – mit der immer noch offenen Frage nach den historischen Wurzeln des Mythos vom auserwählten Volk.
Englische Broschur. 192 Seiten mit Abbildungen

YOSEF HAYIM YERUSHALMI
Ein Feld in Anatot
Versuche über jüdische Geschichte
Essays über jüdische Geschichte, über Exil und Vertreibung, über Erinnern, Hoffen und Vergessen.
Kleine Kulturwissenschaftliche Bibliothek 44. 96 Seiten

YOSEF HAYIM YERUSHALMI
Zachor: Erinnere Dich!
Jüdische Geschichte und jüdisches Gedächtnis
»Zum ersten Mal wird hier die Geschichte des Volkes der Erinnerung beschrieben – ein herausragendes Werk, überzeugend in seiner Klarheit wie in der Fülle des Wissens.« Le Monde
Wagenbachs Taschenbuch 260. 144 Seiten

ARNALDO MOMIGLIANO
Die Juden in der Alten Welt
Momigliano gehört zu den bedeutendsten Historikern unseres Jahrhunderts, dem es hier meisterhaft gelingt, die Wechselbeziehungen aller an der Ausprägung der antiken Welt beteiligten Kulturen sichtbar zu machen.
Kleine Kulturwissenschaftliche Bibliothek 5. 96 Seiten

ARNALDO MOMIGLIANO
Wege in die Alte Welt
Momigliano zeigt, daß historische Reflexion in sich selbst einen Traditions- und Gedächtnisraum darstellt, den jeder, der ihn betritt, verändert, indem er ihm seine jeweilige Aktualität einprägt.
Quart*buch*. Blaues Leinen. 240 Seiten

Literatur

NATALIA GINZBURG
Stimmen des Abends
Natalia Ginzburg erzählt die Geschichte der jungen Elsa, die das Leben nicht führen will, das andere für sie zurechtgelegt haben – und sie erzählt von den manchmal dramatischen Lebensläufen ihrer Verwandten und anderer Dorfbewohner, von all ihren kleinen Schrullen und Flausen.
»Es ist der schönste Roman, den sie geschrieben hat.« Italo Calvino
Quart*buch*. Blaues Leinen. 128 Seiten

STEPHAN HERMLIN
Entscheidungen
Alle Erzählungen des großen Schriftstellers in einem Band.
»Hier entsteht die Kunst aus der Intensivierung des Selbsterlebten. Diese Sprache wird zu einer Musik der Pausen, des Verstummens und des Schweigens.«
Gustav Seibt, FAZ
Quart*buch*. Halbleinen. 412 Seiten

LUIGI MALERBA
Die nackten Masken
Ein spannender Roman im Rom der Renaissance, über Teufel und Diakone, Huren und Päpste, Intrigen und Aufruhr.
»Ein teuflisch gutes Buch.« Brigitte
Quart*buch*. Blaues Leinen. 304 Seiten

ERMANNO CAVAZZONI
Gesang der Mondköpfe
Ein selbsternannter Hygieneinspektor untersucht Hinterhöfe mit Brunnen. Dort wohnen die Mondköpfe, schrullige Leute, die unerhörte Geschichten erzählen (und veranstalten).
Hier endlich erscheint Cavazzonis erster Roman auf deutsch, die Vorlage für Federico Fellinis wunderschönen, poetischen Film *Die Stimme des Mondes*.
Quart*buch*. Gebunden. 300 Seiten

Leben erzählen

Erich Fried. Ein Leben in Bildern und Geschichten
Über 350 – überwiegend unbekannte – Abbildungen, autobiographische Lesestücke, Dokumente, Reden und Handschriften erzählen vom Leben Erich Frieds, »eines klugen, mutigen und integren Menschen«. (Christa Wolf)
Großformat. Halbleinen. 144 Seiten in Duoton

KLAUS WAGENBACH
Franz Kafka. Bilder aus seinem Leben
Ein Portrait Franz Kafkas in mehr als 600 Bildern: über Familie und Kindheit, Gymnasium und Universität, Reisen und Freundschaften, bis zu den Büchern und den letzten Jahren.
»Der beste Bildband über Kafka.« Die Zeit
Großformat. Halbleinen. 240 Seiten in Duotone

KLAUS VÖLKER
Boris Vian – der Prinz von St. Germain
Boris Vian, Schriftsteller, Ingenieur, Drehbuchautor, Schauspieler und Jazzmusiker, gehört zu den schillerndsten Figuren im Paris der Nachkriegszeit. Klaus Völker hat mit der Biographie dieses Allround-Genies auch eine Innenansicht jenes Kulturlaboratoriums geschrieben, das in den Cafés und Jazzkellern von St. Germain seine Filialen hatte.
»Ein berückend schönes und informatives Lese- und Bilderbuch.« FAZ
Englische Broschur. 160 Seiten mit 95 Fotos

GIUSEPPE TOMASI DI LAMPEDUSA
Shakespeare
Der Autor des »Leopard« bewunderte England, seine Zivilisation, seine Kultur – und Shakespeare. Sein großer Essay über den Elisabethaner ist ein schönes Beispiel für ein rückhaltlos bewunderndes Stück Literaturkritik, das aber den sarkastischen Hinweis auf die schwächeren Seiten des Denkmals nicht scheut.
SVLTO. Rotes Leinen. 96 Seiten